「……だって私は勇者だから、
お嬢様じゃなくていいんだ」
JN105360

D級冒険者
ジレイ・ラーロ

D級冒険者の俺、なぜか勇者パーティーに勧誘されたあげく、王女につきまとわれてる 4

白青虎猫

CONTENTS

Illust. りいちゅ

D rank Adventurer invited
by a brave party,
and the stalking princess.

一章　勇者教会

冬を過ぎ、温かな春の到来を間近に控えた季節。

ひゅるる、と吹き付ける風を少し肌寒く感じるそんなある日のこと。

「疲れた……だるい……ずっと寝てるだけの仕事がしたい……」

俺は今日も今日とて、仕事の土木作業に勤しんでいた。

時刻はもうすぐお昼どき。早朝から街の外壁の修繕作業を休みなく行っているからか全身が悲鳴を上げている。肩をほぐそうと腕を回すと、バキボキと嫌な音が聞こえた。

「はぁ……」

投げ出したくなる身体を動かし、止まっていた作業を再開する。

ほんとマジで、どうして人は働かなければならないのだろう？　金持ちは金を働かせるだけで富を生み出すことができるのに、庶民は身体を動かして少ない賃金のためにせっせと働かなくちゃいけない。やっぱり労働はクソだ。金を無限に生み出す魔導具があれば働かなくてすむのに……あぁー働きたくない働きたくない。

「――おーいジレイ！　一緒にメシ食おうぜ！」

世知辛い現実を噛みしめながら作業を続けていると、昼休憩の時間になった。

俺は、鬱陶しく肩を組んできたその男を振り払う。暑苦しい。

「嫌だ。お前といると寝れないんだよ。一人にさせろ」

「今日は魚料理がうめえって噂のあの定食屋にするか。よし行くぞ！」

「いやだから行かないって」

そう抗議するも、無理矢理に肩を組んで、ゴリラのような顔と頬に大きな傷跡が特徴的な大男――ウェッドは俺を連れて行こうとする。耳ついてんのかこいつ。

だが、言っても無駄な体力を使うだけだ。俺は諦めた。代わりにこんな状況に陥った元凶である〝勇者〟に対して心の中で恨みがましく呪詛を吐く。

「よくそんな元気あるな。俺なんて怠すぎていますぐ布団に転がり込みたいのに」

「そりゃ元気に決まってらぁ！　だって、〝勇者様たち〟がこの国に来てるんだぜ!?　もしかしたら勇者パーティーに入れるかもしれねえじゃねえか！」

「冒険者活動が休止中なのにか？」

「それはこう、土木作業を熱心にする俺を見た勇者様が勧誘してきてだな」

「あるわけないだろアホか」

あったとしてもそれは他の土木作業からのスカウトだわ。

「っつか仕方ねえだろ。冒険者の仕事が俺たちまで回ってこねえんだからよう」

不満げに唇を尖らせるウェッド。おっさんがやっても可愛くないからやめろ。

「確か、ウェッドってA級だったよな？　俺はD級だから分かるけど……A級でも回ってこないのかよ」

「俺はA級でも下の方だからな。そもそも俺って戦闘職じゃないし……パーティーの戦力的にも危険な討伐依頼とかは回ってきても難しいんだ。……まあ、マジで勇者パーティーに入りたいわけじゃねえからな。いまのパーティーでのんびりやってるのが俺の性に合ってる」

「じゃあ勇者は関係ないじゃねえか。なんでそんな元気なんだよお前」

「そりゃ、〝兄弟〟と一緒に仕事してるからだろ！　また一緒に何かしてえなって思ってたからよ！」

「俺はしたくなかった……」

肩を組んでガハハと笑うウェッドに辟易する俺。帰りたい。マジで。

そもそもこうなったのも全部、勇者たちのせいだ。

数日前、この地に四人の勇者が集まるとの情報がリークされ、それを聞きつけた冒険者たちがこぞってリヴルヒイロにやってきた。

この広い世界で、数少ない勇者たちが一つの場所に集まることは滅多にない。

つまり、冒険者たちにとってこれは願ってもない状況であり、勇者と接触してパーティーメンバーに入れるかもしれない好機だった、というわけである。

東西南北さまざまな地方からやってきた冒険者たちは、勇者パーティーを志望するだけあって当然のごとく皆が傑物ぞろい。B級冒険者は当たり前で、A級、はたまたS級がごろごろといる。いまのこの国に魔王軍が攻め入ってきても瞬殺できるレベル。圧倒的過剰戦力。

となると、高ランク冒険者が飽和したこの地では高難度の討伐依頼はもちろん、簡単な採取依頼ですら依頼が回ってこない。勇者へのアピールのために彼らは根こそぎ依頼を受けているらしいが、少しは残せよって俺は言いたい。

俺が慣れない早起きをしてギルドにある冒険者ボードを見に行っても一枚も依頼がないなんてことは日常茶飯事。金のない俺はその度に日雇いの肉体労働。募りまくる鬱憤。勇者はうんこ。勇者はうんこ。

「ま、俺には縁のない話だな。さすがのジレイも【攻】の勇者様以外には誘われてないんだろ?」

「あ、ああ……まあな」

「だよなぁ。ジレイの実力なら全員から誘われてもおかしくねえんだけどなあ」

もったいねえなぁとウェッド。俺は思わず頬が引きつった。

……実はすでに誘われただなんて言えない。しかも勇者全員に。

「休憩時間もそんなねえし、さっさと飯食って遊ぼうぜ」

「お、おう……いや飯食ったら俺は寝るから」

お構いなしにウェッドは「今日は〝とらんぷ〟で遊ぼう。もちろん賭けありで」と話し続ける。俺の周囲はなんでこう人の話を聞かない奴(やつ)が多いんだろう。

だが、こいつはまだマシな方で。

もっと面倒なことを現状、抱えてしまっているわけで。

「……はああ」

でかいため息が漏れた。苛立(いらだ)ちを抑えるようにがしがしと頭を掻(か)く。めんどくさい。やりたくない。帰りたい。

だが、文句を言ってもしょうがない。すでに俺は承諾してしまったからだ。

俺はどんよりと曇った空を見上げ、思い返す。

そう、あれは数十日前。俺が勇者教会へ赴いたときのことだ——

数十日前——勇者教会内部。
勇者教会からの収集命令でやってきた俺は、諸々(もろもろ)の手続きを終えて入場し、広い礼拝堂

内の長椅子に座ってある人物を待っていた。

周りに目を向ければ、長椅子に座った信者たちが両手を胸の前で組み、目を瞑って祈りを捧げている。

早朝の典礼だろう。人数はそこそこに多く、この広い礼拝堂の半分ほどが埋まっていた。だっ広い礼拝堂の中は静寂に包まれていて、非常に居心地が悪い。そのせいか、このだ
「うへぇ……」

帰りたい気持ちを堪えつつ、俺は礼拝堂の奥、祭壇の方へと視線を向けた。

祭壇には勇者教会を示すシンボルマーク（クロスした二本の聖剣、後ろに聖盾）が描かれており、その手前には銀色に輝く等身大の銅像が鎮座している。

【勇者教会】。

【グランヘルト帝国】を本拠地としてヘルト大陸のあらゆる場所に活動拠点を持つ宗教。

彼らの信仰対象はその名の通り勇者であり、その中でも一人の勇者を神格視している。

その人物とは、はるか昔に初めて誕生した勇者――【始まりの勇者リエン】。

最も広く流通している貨幣――リエン硬貨のモデルになった人物であり、事の原理を変革することができる【理】の聖印を持っていたと言われる勇者。

突然現れた魔王に対抗するように誕生した【勇者リエン】に対して、勇者教会の聖典では神の生まれ変わり、または神自身だと語られており、今の勇者たちの力は【勇者リエ

ン】が【理】の力を使って聖剣を作り出した、とまで言われているらしい。

が、ほとんどは言い伝えでしかない。【勇者リエン】が存在したとされる文書はほぼ残っておらず、実際に存在していたかすら怪しい謎の人物。

そもそも、第一期魔王を討伐したのは別の勇者である。これはちゃんと文書や何やらの物的証拠が多く残されていて、歴史的にはこっちが公的なものとして扱われている。

と、なると当然だが、歴史学者たちの間では【勇者リエン】は認められていない。だが、莫大な力を持つ大国である【グランヘルト帝国】が後ろ盾ということと、【勇者教会】の信者数の多さから、いまでは【勇者リエン】が原初の勇者でありこの世界の神だと世間的には認知されている。

だけど、まあぶっちゃけ。

「うさんくせえ……」

その、地面に付くほど長髪な女性——【勇者リエン】の銅像を見ながら、呟く。

俺としては、何を信仰しようが個人の自由だし、勝手にすればいいんじゃね？　とは思う。そもそも俺は神とか信じてないし。

宗教ってそういう形のないものに対して信仰するもんだからそれは百歩譲って分かる。だけど、【勇者教会】はその中でも群を抜いてうさんくさすぎる。

俺も昔、【勇者教会】の信者に声をかけられたことがあった。

そのときはまだ俺も純粋で、勇者を目指していたころだった。だから、「勇者を目指してる？　それなら【勇者教会】に入ることで色々と〜」とか言われたらそりゃ入る。ウキウキで入信したあげくに、「このツボを買えばきっと勇者に〜」とかクソ高いツボを薦められたらそりゃ買っちゃうよ。ふざけんなよ。

ほんと、なんでこれが大陸で最も有名な宗教なのかがマジで分からない。それなら俺を神として崇めてくれた方がまだ実益があるんじゃないかと思う。

だから、俺は宗教とかよく分からんものは信じない。騙された苦い思い出があるってのもそうだが、こういううさんくさいものは大嫌いなのである。

「……よく信じれるなほんとに。【勇者リエン】とかいないだろ」

「いえいえ、【勇者リエン】が実際に存在したかどうかは問題ではないのですよ。信じるその心が、我々の脆弱な魂を救うのでしょう」

「そりゃそうかもしれないが……だからって月のお布施が一万リエンからとかありえんって。つーか神なら金とか要求すんなよ」

「はは、確かにそれはそうかもしれませんね。ですがそれも全て勇者教をもっと多くの方に知ってもらい、救われる方を増やすための運営資金ですから」

「ふーん、まあ俺の金じゃないし別にいいけど……？」

そこまで言って、気付く。いつの間にか誰かと会話をしていることに。

「誰だあんた」

怪訝(けげん)な顔で隣に座っていた人物を見ると、その人物は席を立って佇(たたず)まいを正して、礼儀正しく流麗な一礼をしてきた。

「申し遅れました。私の名前は〝ノーマン〟。姓はありませんのでどうぞ、ノーマンとお呼びください」

聞いたことがある名前だ。というより――

その人物――ノーマンは真っ白な髪を靡(なび)かせて、ゆっくりと顔を上げる。

「恐れ多くも今代の【運の勇者】を賜りました。また、【勇者教会】では司教をさせて頂いております――ぜひ、お見知りおきを」

◇

場所を移動して、礼拝堂の奥にある小部屋。

「どうぞ、おかけになってください。……ああ、紅茶と珈琲(コーヒー)どちらがよろしいですか？」

「……俺はいい。お構いなく」

「では茶菓子でも……こちら、魔導国家で販売している有名店のものです」

「それもいい。持ってるし」

茶菓子と飲み物を用意しようとするノーマンに断り、薦められた椅子に腰を掛ける。

ノーマンは「それは残念です」と言って自分用の珈琲をカップに注ぎ、角砂糖を二つほど投入して、俺と対面するように椅子に腰を下ろす。

【運の勇者ノーマン】。

今代の勇者であり、【運】の聖印を持つ男の勇者。

勇者教会の司教も勤めていて、勇者としての活動は特に何もしていない。

その理由は、単純に勇者としての力が弱いから。

【聖印】は所有者によって力が変わる。だから同じ【聖印】であっても強さや効果は様々だ。加えて、勇者には【聖剣】から強力な加護が与えられるから単純な身体能力だけでも常人をはるかに超える。

だから、この【聖印】がハズレだとか当たりだとかはない……とされている。そもそも、与えられた【聖印】にあーだこーだ文句を言うのは冒瀆（ぼうとく）すぎるからだ。

のだが……やはり実際にハズレな【聖印】は存在していて、【運】はその中でもぶっちぎりのワースト一位。

なんせ、過去の【運】の勇者が何人か存在していたにも関わらず、活躍した事例が一切存在しないというのだ。強力な加護もないらしく、身体能力も普通の人と変わらないんだとか。なんだそりゃ。

しかも、【運】の能力は〝運がよくなる〟だけらしい。賭け事とかめっちゃ強そう。

そのせいか、いつの時代も【運】は序列最下位。

代によって勇者の数は変わる。普通は三～四人ほどだが、今代の勇者は現時点で十二人。

だが、ノーマンもその中でも十二位と最下位。もはや【運】はハズレの【聖印】として世間では認知されている。たまに石を投げられることもあるんだと。やめてあげて。

「……」

俺は同情の目線を向けつつ、上品な動作で珈琲に口をつけるノーマンを無言で観察する。

身の丈は低く、外見は少年といっても良いほどに若々しい。しかし、年齢は不詳で、実際に何歳かは分からない。勇者教会の司教を任せられるくらいだから見た目通りの年齢ではないだろう。

服装は勇者教会の神父を示す黒色の祭服。……それと対称的に、年老いた老人のように真っ白に染まった頭髪がやけに目立っていた。

ラフィネと同じ珍しい髪色。

だが受ける印象は真逆で、神秘的な美しさや純粋さは欠片もなく、どこか得体の知れない不気味な印象を抱いた。

そして、何よりも目にとまったのが――

「……それ、見えてるのか？」

「え？　ああ……いえ、見えてませんよ」

ノーマンの両目を覆っている白い布について聞くと、そんな返答がきた。

「へえ……大変だな」

「はは、まあそこまで不便ではないですよ。視覚では見えませんが、《熱探知》と《魔力探知》で何とか輪郭くらいは分かりますので」

ノーマンは何でもないといった風に微笑(ほほえ)む。

先天的な障害か何かで目が見えないのだろうか。悪いことを聞いてしまった。

俺が申し訳なく思っていると、ノーマンもそれを察したのか「お気になさらず。本当に不便には思っていませんから」と気を遣ってくれた。

「それに、私は運がいいので見えなくても大丈夫なんですよ。これも事情があっての処置ですし……と、そろそろ本題に入りましょうか」

処置？　若干その言い回しが引っかかるも、突っ込むことはせず話を聞く態勢になる。

そうだ、俺はそれが聞きたくてわざわざこの場所に来たのだ。何でD級の俺が呼び出されたのか、それが気になりすぎて夜も眠れないなんてことはなく普通に過ごしていたが、他に気になることもあってやってきた。

面倒だし無視してもよかった。

というかいつもの俺なら無視して姿を眩(くら)ませていた、のだが……。

『──機密事項だ。勇者の中でも数人しか聞かされていない。知りたいなら本人か勇者教会に聞け。教会は言わんと思うがな』

少し前に聞いた、ルーカスの言葉。

……別に、レティのことが気になるってわけじゃない。

ただ、レティが隠している秘密を聞いて、それをネタに脅せばレティも俺に付きまとわなくなるんじゃないかって思っただけだ。

だから、教会の人間であるノーマンに聞くためにわざわざこうして早朝から出向いているのである。

レティの様子が変だった件とか別に俺には関係ない。ただ俺はレティを脅すネタを求めてやってきただけで。それ以外に理由はない。

「まずはご足労感謝いたします。急なお手紙、驚いたでしょう」

「そりゃ驚いたけど。しかも一人で来いって書いてあったしな」

招集命令の最後の方に、『なお、ジレイ・ラーロ様は別日にお一人で来てください』って書いてあったのを見たときはビビりまくった。てっきり全員集まって何かするんかと思ってたのに、一人だけ呼び出しはガチでビビる。何かやらかしたか思い出そうとしたら過去にやらかしたことが多すぎて分からなかったよね。

でも、本当に何の用で呼び出したんだろうか。ある依頼の遂行のために、とは書いてあったがそんなん勇者四人で十分じゃねって思うし。俺とかいらないだろ。

「それで、本日に呼び出した理由ですが――」

俺が身構えていると、ノーマンは言った。

「占いをしようと思いまして」

………うん？

「なんて？」

「占いをしようと思いまして」

「占い？」

「ええ、というのも――」

理解できない俺に、ノーマンは悠々と説明し始める。

……ふむ、なるほどな。

つまり今日俺を呼び出したのは勇者の間で注目を浴びている人物である俺をノーマンが是非直接見てみたいと思って呼び出したと。

んで、趣味である占いを俺に対してしたいと考えたと。

実は今日ではなく別日に他の勇者も含めて話し合いをするからこの呼び出しに意味はないんだと。ぶん殴っていい？

「ま、待ってください。確かにお怒りは分かりますが私の占いは当たるんですよ。だからその、振り上げた拳を下ろして欲しいなあ……と」

しどろもどろになるノーマン。俺はすっと拳を下ろす。あぶないあぶない、教会のお偉いさんに殴りかかるところだった。

……けど、そういえば聞いたことがあるな。【運】の勇者ノーマンは占術が得意で、【グランヘルト帝国】の市中で営んでいる占いの館は大層人気なんだとか。月に数日しか営業しないにも関わらず来年まで予約で埋まっているらしい。

加えて、老若男女が憧れる勇者にはファンがついたりするのだが、ノーマンは【運】という最弱な聖印で何の実績もないにも関わらず、占いの精度と本人の丁寧な物腰もあり、若年層から支持が厚く人気だという。

「んじゃ、せっかくだからやって貰(もら)おうかな」

「では、こちらの水晶にお手を……」

言われるがままに、水晶に手をかざす。ちょっとワクワクしている俺がいた。

「で、何を占ってくれるんだ？」

「そうですねえ……ではまず、私の実力を見ていただくために、貴方(あなた)がどんな方なのかを当てて見せましょう」

「ほほう」

ノーマンが水晶をさすると、ぼんやりと淡く発光する。

「……とても自由奔放な方のようですね。自我が強く、他人に縛られるのを嫌う傾向があります。権力には興味がなく、お金もそこまで欲していない……何よりも自由と自分自身を愛している……当たってますか？」

「おお……！」

すげえ！　当たってるじゃん！

占いとかは正直まったく信じてなかったが、今後は考えを改めるかもしれない。

……いや、でもこういうのって誰にでも少しは当てはまることを言ってるだけってのもあるからな。ピンポイントで当ててこられるわけもないし、所詮は占いだろう。

と、思っていたら。

「趣味は……魔導具？　寝ることが大好きで暇さえあれば寝ている。お酒と煙草(たばこ)は嗜(たしな)まない。面倒なことを後回しにする悪癖あり。最近の悩みは女性関係――」

「まて、まてまてまってまって」

俺が止めると、「どうしました？」と何食わぬ顔で聞いてくるノーマン。怖い、怖いからもうやめて。

え、なに？　もはや占いじゃなくない？　当たりすぎとかいう次元じゃないんだが。そういう能力ですって言われた方が納得できるんだけど。

「これで私の実力は分かっていただけたかと。では、今度は貴方の〝運命〟を見通します」

こちらの水晶にもう一度お手を、と誘導される。正直怖いからやめたいがここまで来たら聞いてみたい気持ちもある。俺はびくびくした手つきで水晶に手を置いた。

「ふむ……なるほど。これは――」

水晶が淡く発光し始める。透明だった色が変化して、やがて一つの色に染まっていく。

変化した色は――黒。

「……どうだ？」

聞いてみると、ノーマンは神妙な声色で。

「見えない」

「え？」

ノーマンは顔を俯かせて唇に手を当て、ブツブツと何事かを呟き始める。

「この魂はいったい……不純物が混ざっている？　ひとつ、ふたつ……数え切れないほど膨大な色だ。だが、そのどれもが純真で美しい。むしろ――」

「おい、おい。どうした」

トントンと肩を叩くと、ノーマンはハッと顔を上げてこちらに向き直る。

「これは失礼。取り乱しました」

「別にいいけど……大丈夫か？」

ノーマンは「ええ、大丈夫です」と答える。ならいいけど……尋常じゃない様子だったから心配したぞ。

「申し訳ありませんが、私の力では見えないようですね」

「ああ……そう」

「ただ、分かったことが一つ。貴方にはどうやら女難の相があります」

「……マジ？」

「ええ。これまでに何回か女性関係のトラブルに巻き込まれた覚えがありませんか？」

身に覚えがありすぎる。じゃあなに？　ラフィネとかイヴとかに追い掛け回されてたのも俺の運勢が悪いからってことか？　勘弁してください。

藁にもすがる思いで聞いてみた。

「……ど、どうすれば直る？」

「いやあ、これは無理でしょう。諦めた方がいいですよ。あ、ちなみに一人や二人じゃないみたいですから。刺されないようにお気をつけて」

無情な返答。頭を抱える俺。嫌だ！　これ以上は嫌だ！

俺が絶望していると、ノーマンは思い出したかのようにポンと手を叩く。

「そうだ、忘れる所でした。これも渡しておきます」

渡されたのは束になった便箋。いち、にい……数えて見ると十枚あった。

何これ？　と聞こうとするが。

「勇者パーティーへの申請書です」

そんな回答が返ってきた。

「申請書？」

「ええ、そうです」

「何の？」

「勇者パーティーへのです」

「俺が？　何で？」

「皆さん、貴方に興味があるようでして。【才】の勇者以外の全員が勧誘したいらしく、こうして送って来たのです。特に【硬】の勇者からは熱烈なお手紙も届いてますよ」

膨大な手紙の束をドサッと取り出すノーマン。【硬】の勇者って確か……マギコスマイア魔導大会の本戦一回戦で闘ったやつか。見た目と言動がすごく痛々しすぎて、若かりし頃の俺を思い出させてきやがった強敵だ。何度も死にそうになった（精神的に）から、もう二度と会いたくない。

渡された手紙を少し見てみたら、長文で俺を讃える言葉が羅列してあった。わーお。

「今回の招集にも来たがってましたよ。上層部が今回の任務には適していないと判断したらしいので来ないと思いますが」

混乱して硬直していると、ノーマンは「ああ、そうです」と言いながら取り出した紙に何かをすらすらと記述した。そのままそれを渡してくる。

「私も貴方に興味が湧きました。よければぜひ」

渡されたその紙——申請書。

ふむ、そうか、そういうことね。ということは、俺はほぼ全ての勇者から勧誘されたことになるらしい。D級冒険者なのに？　はえーすっごい、ふーん？　アホか。

全部燃やすことに決めた。

◇

「——ジレイ？　聞いてるか？　おーい」

そんな野太い声で、現実逃避していた意識が引き戻された。

空を見上げると、すでに日が傾きかけている。視界の端では帰り支度をしている作業員たち。無心で作業をしていたからか、終業時間になっていたことに気付かなかったみたいだ。

俺は目の前で怪訝な顔をしている男を見る。うん、ゴリラだな。

「悪い、聞いてなかった」

「んだよ。勇者様たちがなんで集まるんだろうって話してただろうがよ。ジレイも【攻】

の勇者様から何か聞いてないのか？」

「……さあな。さっぱりだ」

それだけ言って顔をそらす。

『――任務の詳細は後日、また集まったときに話すとしましょう。貴方にはぜひともこの任務に参加していただきたいのです』

『――何でだよ。勇者が四人もいれば十分だろ』

『――まあそう言わずに。別に何かをしていただきたいわけではありませんから』

『――じゃあなおさらいらないだろ。突っ立ってるだけかよ俺は』

『――はは、それでも構いません。それに、この任務を受けていただければ……』

占いの後の、俺とノーマンの会話。

『――レティノアの秘密が分かるかもしれませんよ』

あのとき、あいつは確かに、そう言った。

レティが何を隠しているのかは分からない。俺にはどうでもいいことだ。

だけど、前に――ルーカスと対峙したときにレティが見せたあの不安げな表情が、なぜかずっと頭から離れない。

だから、一応は参加することにした。めっちゃ面倒だけど、仕方なく。

「ジレイ、帰りにあの店行くんだが、今日こそは来てくれよ」

宿屋に向けてぼーっと歩いていると、横にいたウェッドがそんなことを言ってくる。

「……あの店って、あそこか？　あいつらが働いてる？」

「おう。連れてきてくれって頼まれててな」

それは俺も本人たちから何回も言われている……のだが、気が乗らないから行ってない。

……でも、そうだな。様子だけでも見に行くか。すぐ帰るけど。

承諾して、俺とウェッドは街中にある飲食店に移動し始めた。

◇

穏やかな【一般区域】の街中を歩くこと数分。目的の店に到着。

外観は普通のカフェのような感じで、入り口の横には『本日のイチオシめにゅー』と書かれた立て看板が掛けられている。

見た目だけなら普通も普通。しかし……。

ウェッドに続いて店内に入ると、店員の元気な声で迎えられる。ウェッドが一言二言店員と会話をしたあと、俺たちは奥の席に案内された。

席に着くなり、ウェッドはデレデレした顔で。

「いやーいいなぁ。仕事終わりで疲れた身体(からだ)が癒やされてく……」

店内を見回すゴリラ顔の三十代男性。正確には店員になめ回すような視線を向けて、気持ちの悪い顔をしている。

「お前、結婚してるのに他の女性にデレデレすんなよ」

「失礼だな。俺はかわいいものを愛でているだけだ」

キメ顔でふざけたことを言うゴリラ。俺は絶対こいつの嫁に言いつけようと決意した。

呆れつつ、メニュー表を手に取りながら辺りに目を凝らす。

外観と同じく内装も普通の飲食店だ。最近オープンしたばかりだからか壁や床に目立った汚れも軋みもなく、椅子と机も新品でピカピカと輝いている。

店内もほとんど満席。中心街の晩飯時の時間帯でこの賑わい。大層繁盛しているのが分かる。これだけなら特に他と変わりない……が。

俺は注文するものを決めて呼び鈴を鳴らした。

すると、近くの店員が注文票を片手にやってきて。

「お待たせしましたにゃ。ご注文をお聞きしますにゃー」

手を招き猫のようにこまねいたポーズで、注文を聞いてきた。

頭には猫耳を模したカチューシャ。腰には尻尾。服装はメイド服。

まず断っておくが、猫精霊（ケット・シー）じゃない。普通の人間種だ。

ここは【精霊喫茶】。最近リヴルヒイロにできた喫茶店。

大陸の東に位置する異国の文化『メイド喫茶』を取り入れており、オープンして間もないにも関わらず、店の特殊さから注目を集め、今では大繁盛している喫茶店である。

この店最大の特徴は可愛らしい女性店員が精霊の姿に仮装するところ。

さらに店員は全員女性でしかも美人揃い。男性客の比率は九割超え。

ウェッドの顔がデレデレと歪んでしまうくらいである。こいつは毎日通っているからか小遣いがもうないらしい。どうでもいいけど俺に金せびってくんな。

「じゃあ、俺はこれ――」

「あっ！　もしかして……ジレイ様？」

適当に注文しようとすると、聞き覚えのあるそんな声。

「来てくれたんですね！　嬉しいです！」

その人物は満面の笑みを浮かべ、公衆の面前で抱きついてこようとする。全力で止める。

「んー？　あれ、フィナちゃんの知り合いにゃ？」

「ただの知り「婚約者です！」」

元気よく断言される。おおい。

「違う。恋人でも婚約者でもないだろ」

「そうでした！　いまはまだ、でしたね。私としたことがすみません……！」

俺が必死に否定するも、誤解されそうな言い方でもじもじと頬を赤らめる少女――ラフィネ。《変幻の指輪》でフィナの姿になっているため黒髪だ。

「じゃあここはフィナちゃんに任せるにゃー」

「はい、任せてください！」

注文を取っていた店員が離れて、目を輝かせたラフィネが残った。

と同時に、周囲の男性客からの視線が突き刺さる。

「婚約者ってまさかあいつが？」「嘘だろ……あんな目が濁った奴に……」「でも結構いい身体してるな好みかも」うるせえほっとけ。

……すごい居心地が悪い。だから来たくなかったんだ。

そう、実はこの店にはラフィネが働いているのである。

俺が冒険者としての活動が行えず、日雇いの労働者として働いている最中、どうやらラフィネたちも仕事をすることにしたらしい。

別に金あるんだから働かなくてもいいんじゃね？　と思うが、ラフィネは労働したことがないからやってみたかったらしく、この店を選んだのもかわいい服が着られると思ったからなんだとか。

それと、イヴもここで働いている。裏方で料理を作っているらしい。

「では！　ご注文をお聞きします！　あっお聞きしますわん！」

「……無理にやらなくてもいいぞ？」

「そういうわけにはいきません！　誠心誠意、接客させていただきますわん」

変な語尾をつけて意気込むラフィネ。いや、別にマジでいいんだけど……。

ラフィネは犬精霊の格好をしていて、頭には犬耳、腰にはふさふさの尻尾を装着し、手には犬の肉球を模した手袋。可愛らしいメイド服を着ている。

《変幻の指輪》で姿を変えているものの美少女なのには変わりはない。物怖じしなくて明るい性格もあって、この店の店員人気ランキングではぶっちぎりの一位（ウェッド情報）だと聞いた。

婚約者がいると公言していて、しかも一緒に写真を撮るなどのサービスは一切行っていないのにこの人気。その一途な姿が推せるんだとか。

「……」

「？　何かついてますか？」

きょとんとするラフィネ。俺は「何でもない」と顔を背ける。

……まあ、その気持ちも確かに分からないでもない……のか？って何言ってんだ俺は。

違うだろ別に。俺はそんなんじゃないし！

浮かんだ雑念を振り払い、メニューから適当に選んで注文した。

「俺はこれで」

「オムライス一つわん。ウェッドさんは何にしますか？」

「んじゃ、俺も同じので。……あれ、俺にはわんって言ってくれねえの？」

「オムライスお二つですね。お待ちくださいませ」

「あれ……？」

ラフィネは注文票を持って厨房に下がっていく。

それを見届けたあと、ウェッドが俺を見てニヤニヤとした顔で。

「いやー、でもな、ジレイがなあ」

「……なんだよ」

「やることやってんだなあって」

「やってねえわ。やめろ」

「おうおうそう照れんなって。俺は嬉しいぜ？」

グッと親指を立ててガハハと笑うウェッド。くっ……！

くそ、茶化しやがって。別に恋人でも婚約者でもないって言ってるだろうが。

だが、何度言っても無駄なようで心底嬉しそうな顔で「式には呼んでくれよな」と気持ち悪いウインクをしてくる。殴りてえ……。

それから十分くらいしてラフィネがトレイに料理を乗せて戻ってきた。

「お待たせしましたわん！　こちら私の愛を込めた特製オムライスです。私だと思って召し上がってください！」

てきぱきとテーブルの上に料理を配膳するラフィネ。俺の前に置いたオムライスの方にだけなぜか、でかい銀色の丸い蓋が被さっていて中身が見えなくなっていた。

「お、俺のにもフィナちゃんの愛が……?」

「そちらは普通のオムライスです」

「おぅ……」

特製って……何か変なもん入れてないよな？　食べたくなくなってきた。

恐る恐る蓋を開けようとすると、「ちょっと待ってください」とラフィネに止められる。

そして、ででん！　と自信満々な顔で何かを取り出した。

何だこれ……ケチャップ？

ウェッドが大げさに椅子から転げ落ちて慄いたような震えた声で言った。

「そ、それは……まさか！　この店の伝説の裏サービス【大好き♡ケチャップメッセージ】!?　俺が何十回も通ってそれでもして貰えなかったのに……!」

周囲の客からも「う、嘘だろ!?」「ただでさえフィナちゃんはサービスしないのに……」「あの男、何者だよ!?」と驚愕のざわめきが巻き起こる。

「少し恥ずかしいですが。ジレイ様のためなら……!」

ラフィネも頬を染めてそんなことを言う。それを見て、うおおおーっ！　と店内の客たちは盛り上がりまくる。万来の拍手喝采。無表情になる俺。

「覚悟はできています。さあジレイ様――」

真剣な表情のラフィネ。ゴクリ、と客たちが息を呑む音が聞こえた。

まるで戦場かと思うほどの緊張感。いや、ただケチャップ盛るだけだろが。

四方八方から注目の視線を浴びながら、無心で蓋をあける。

〝レイ♡LOVE大好き♡〟

ぶちゃあ。

ラフィネの持っていたケチャップがぶちまけられた。

俺のオムライスに。

「さ、召し上がってください？」

「……な、なんか書いてあったんだけど」

「気のせいですよ？　何も書いてありませんでした」

にこにこと笑いながら首をかしげるラフィネ。目が笑ってない……。

「ちょっと、せっかく書いたのに」

ラフィネの圧に動揺していると、厨房の方から少女が出てきた。

その少女はわずかに頬を膨らませて、不服そうに睨みながらラフィネに対峙する。

格好はプロの料理人と言った出で立ちで、白のコックコートを着込み、腰には水色の前掛け。右手にお玉を持って、蛮族が剣で挑発するように左の手のひらをぺちぺち叩いて凄んでいた。

水色髪水色眼。白魔導士が本職の少女——イヴである。

「何がですか？　私は美味しく食べられるようにしただけですが」

「このオムライスはレイへの愛を込めて作ったの。私の愛の結晶。邪魔しないで」

「そうなんですか？　でも運ぶときに私の愛で上書きされたので無効です」

「わたしの愛は上書きできない。そっちが無効」

「じゃあその愛をまた上書きします。はい、いまイヴの愛はなくなりました」

ぶちょり。

俺のオムライスにケチャップが追加された。

「それでも私の愛の方が強い。無効」

ぶちょり。イヴからさらに追加される。

「上書きします」

「無効」

「上書き」

「無効」

「いい加減にしてくれないー？」

ぶちょぶちょとケチャップが盛られ続ける俺のオムライス。見たことない物体になってんですけど。もはや名状しがたい赤い何かなんだけど。

二人はそのままヒートアップ。止める間もなく、俺を間に挟んで言い争いまくる。

「せっかくレイがわたしのために来てくれたのに。ラフィネのせい」

「違いますイヴのせいです！　それにジレイ様は私を見に来てくれたんですよ！」

「そんなわけない。わたしがレイにおもてなしするから。ラフィネはもう帰って」

「駄目です ー！　私がジレイ様にあーんとかするんです！」

「レイ、わたしの方がいいでしょ？」

「ジレイ様、私の方がいいですよね!?」

右にラフィネ、左にイヴ。二人の美少女から詰め寄られる。

集まる周囲の視線。二人の期待を含んだ瞳。緊張に包まれ、静まりかえる店内。

そんな中、俺が出した答えは――

「帰ります」

俺はそのまま帰った。

ちなみに……これは後に聞いた話だが、二人はこの後店長に「食べ物を粗末にしてはいけません」と叱られたらしい。

それからは反省して真面目すぎるほど真面目に仕事に勤しんでいた、という。

そのおかげかしばらくの間は俺を店に誘うことも減って、俺としては店長に深く感謝の気持ちを伝えたい所存である。

◇

数日後。

昼過ぎに起床した俺は馬小屋をチェックアウトしたあとに屋台で適当に朝飯を食べて、そのままの足で魔導図書館に不法侵入して本を読みふけっていた。

傍には厳選して持ってきた本の山。数時間前から《高速思考》を使って超速読を行っているのにまだ全体の半分も終わっていない。

その事実に気持ちが億劫になりそうになる。しかし、行動しなければ終わるものも終わらない。俺は次の本を手に取り、高速でページをめくり頭に叩き込む。

見た通り、俺は勉強していた。

いま勉強しているのは俺にとって未知の分野。

魔法や体術などのこれまで学んだことが活かせる学問ではなく、そのせいか理解できないことが多くて俺は苦戦していた。

こんなに頭を捻っても理解できないのは初めてだ。術式が複雑で難しい魔法でも既存の魔法知識に当てはめて解析して理解してきた俺だが、今回ばかりはさっぱりだった。

「あー、駄目だ分からん……」

本を投げ出して机に顔を突っ伏す。分からん分からん分からんらん。

俺は勉強が嫌いだ。なんていっても面倒くさい。だからできる限りやりたくないのが本音だ。

しかし、今回ばかりは〝あの勝負〟に勝つために勉強する必要があった。

だから、怠い身体を動かして勉強に勤しんでいるのである。だりい……。

「まったく、何をしているんだね君は……図書館の中では静かにしないか」

呻き声を漏らす俺を見かねたのか、その女性はコツコツと靴音を鳴らして近づきながら苦言を呈してくる。

「他に誰もいないんだからいいだろ。つか、ここお前の部屋だし」

「私がいるだろう。君がさっきからうあー、んがーと喚くせいで集中できないのだよ」

咥えたキセルから煙を立ち上らせる金髪碧眼の女性——フランチェスカ。

今日の外見は幼い少女ではなく、二十代ほどの年齢に見える妖艶な女性。顔には特徴的なモノクル。だぼっとした白衣を着込んでいる。

その様子は少し苛立っていて、切れ長の瞳の下には濃い隈がくっきりと浮かんでいた。

徹夜で作業をしていたのかもしれない。

まあ確かにこいつの部屋に上がり込んで居座っている俺が悪いんだけど。でもいいだろ、ここが一番空調効いてて飲み物もあって過ごしやすいんだよ。

「そりゃ悪い。気をつける」

「そうしたまえ……」

言って、ふうと息を吐いて戻っていく。執務机の上に置いた珈琲(コーヒー)ポットを操作してカップに珈琲を注ぎ、なぜかまたこちらに近づいて来た。

自分と俺の分の珈琲を机に置き、そのまま隣の椅子に腰掛けて。

「で、何を調べているのかね」

と、興味深そうに俺が読んでいる本を覗(のぞ)いてきた。

咄嗟(とっさ)にさっと、反射的に遠ざける。

「……」

今度は、積み上げられていた本の束を取ろうとしたので手を摑(つか)んで止める。

「離したまえ」

「俺が何を調べようと勝手だ」

「私はこの図書館の管理人みたいなものだ。知る権利がある」

「ねーよ。勝手に棲(す)み着いてるだけのくせに。いいから――おいっやめろ！」

強引に手を伸ばして突破しようとするフランチェスカから本を防衛する。絶対に取らせねえぞ……！

何度か同じやりとりを繰り広げたあと、フランチェスカが嘆息して。

「分かった。そこまで嫌ならやめておくとしよう」

「……ならいい」

引き下がったフランチェスカに安心して勉強に戻ろうとするが。

「君も男だ、そういう本を見たいのも分かる。私も女性だからね、デリカシーくらいはあるさ。でも大丈夫、君がどんな変態的で理解不能な本を読んでいようとも私は軽蔑したりしない。邪魔したね、じゃあ」

「待て」

誤解しまくりじゃねーか。

「卑猥な本を見ていたんだろう？　だが、白昼堂々と、しかも女性の前で読むのは……」

「んなわけあるか！　ただの変態じゃねーか！」

必死に反論するが、「大丈夫、私は理解のある女だ。何なら君が好みそうな本を厳選して持ってきてあげようかね？」と優しげな顔でいらぬお節介を回そうとする。

……だが、変に誤解されるのも嫌だ。俺は覚悟を決めて、執務机に戻ろうとするフランチェスカを呼び止めた。読んでいた本を何冊か渡して読むように促す。

「どれどれ――【恋愛哲学】【愛の方程式】【人はなぜ愛を求めるのか】……？」

本のタイトルを二度見三度見したのち、神妙な視線が俺の頬に突き刺さる。

「君、これは」

「何も言うな……」

両手で顔を覆う。頼む、何も言わないでくれ。恥ずか死ぬから。

分かってる。何を言いたいのかはよーく分かる。似合わないって言いたいんだろ？　俺だって分かってるよそんなの。

「言っておくが、興味があってこんなことしてるわけじゃないからな」

「ほう。じゃあ何のために？」

「……正々堂々、勝負するって言っちまったんだよ」

事の経緯を説明する。告白されたこと。〝好きになったら負け〟という勝負をすることになったこと。だから、〝恋〟と〝愛〟を知るためにこうして勉強していること。

以前、ラフィネたちを見たことがあり、俺がラフィネたちから好意を受けていることはフランチェスカも知っていたので理解は早かった。

フランチェスカはふむ、と顎に手を置いて。

「なんて言うか……知ってはいたけど君は馬鹿かね」

「もっとオブラートに包んでください」

そんなはっきり言われると傷ついちゃう。

「恋が分からないから本で学ぶってアホかね君は。そんなの感覚で分かるだろうに」

「分からないから読んでんだ」

「だとしても捻くれすぎだよ君は」

「うぐぐ……」

あーくそ。恥ずかしい。めっちゃ恥ずかしい。だから知られたくなかったのに……。

だが、逃げずに勝負すると言った手前、俺はこの感情がどういったものなのかを知る必要がある。でないと真剣に向き合っているとは言えないだろう。斜め上の方法だってことは分かっているけどこれしかないんだよくそ！

フランチェスカは興味深そうな瞳でこちらを見つめて。

「君は本当に不思議な生き物だ。見てて飽きないね」

「俺を観賞動物か何かみたいに見るな」

「美少女二人から言い寄られているなんて、男なら憧れる状況じゃないのかね？　どっちも手籠めにすればいいだろう」

「それは……違うだろ。好きでもないのに付き合ったりなんてできねえよ」

「……ちぐはぐだな君は。不真面目か真面目かはっきりしたまえ」

「あーあー、聞きたくない聞きたくない」

それ以上小言を言われないように本に向き直ると、フランチェスカはやれやれと肩をすくめて、大きくため息を漏らした。

そしてすぐに、妙案を思いついたように眉を上げると、にやりと妖艶に微笑んでなぜか身体を寄せてくる。

「んだよ、暑苦しいな」

「なんだね、つれないじゃないか」

「いいから離れろよ。本が読めないだろ」

身体を近づけてきたせいで大きな胸が当たっている。白い手は俺の頬を優しく撫でていて、絡みつくように足を沿わせてきたからか動きにくい。邪魔だ。

俺の耳元でフランチェスカがささやく。

「愛を知りたいんだろう？　なら私が――女を教えてあげよう」

熱い吐息が耳に触れて、ぞくっと身体に電流が走る。

「君の好きな容姿、好きな声、好きな性格……理想の女性になってあげよう。罪悪感を感じる必要もない、たった一晩のお遊びだ」

フランチェスカの着ていた白衣がはらりとはだける。代わる代わる様々な容姿の美女、美少女に変化しながら、ほぼ裸同然の姿で蠱惑的に、誘うようにもたれかかってきた。

「私も君のことは嫌いじゃない。ああ、安心してくれたまえ。性交の経験はないが知識は持っている。満足させると約束するよ」

全身を包み込む甘い香りに頭がクラクラしそうになる。俺の膝に股がるフランチェスカの瞳の奥は怪しく光っていて、柔らかそうな唇はしっとりと濡れていた。

俺は小さく呼吸して。

「……いいから、離れろって」

強引に肩を掴んで、引き剝がした。フランチェスカはつまらなそうな顔になる。

「これでも駄目か。筋金入りだな君は」

「変なことすんなよ。ってか《魅了》使ってたろ」

問いただすが、「はて？」ととぼけられる。

【幻惑魔法】の最上位魔法《魅了》。俺じゃなかったら一生こいつの奴隷になっててもおかしくなかった。

フランチェスカは肩をすくめる。

「君の精神力には脱帽する。私はこの身体を使って貰っても構わなかったんだが」

「お前な……軽々しく言うなよ。好きでもない奴にそういうのは駄目だ」

「ふぅん？　君となら構わないと思ったんだがね」

「俺が構うんだよ。いいから、駄目だそういうのは」

はだけていた白衣を直すと、ちょっと唇を尖らせて不満そうな顔をしていた。

気を取り直して勉強し続けて数時間後。

魔導図書館内のでかい【魔導時計(マギ・クロック)】から夕刻を示す鐘の音が鳴り響き、読んでいた本から顔を上げる。

「もうこんな時間か……おい、そろそろ帰るわ」

帰り支度をして、執務机の上でいつのまにか寝息を立てていたフランチェスカを起こそうと揺する。

しかし、よほど寝不足だったのか起きる気配がない。

……うーん、どうするか。勝手に帰ってもいいけど明日も来るつもりだから一言断っておこうと思ったんだが。ていうかコイツ、前に寝る必要ないとか言ってなかったっけ？

一時間前くらいから普通にくーくー寝てるんだけど。

いまのフランチェスカの姿は十五歳ほどの金髪の少女。その身体の上には、俺が被(かぶ)せた毛布が乗っかっている。

……こうして見ると、普通の少女に見えるんだけどなあ。

だが、その実態はおそらく人間じゃない。何百年も歴史がある魔導図書館に長い期間居座っていることから、精霊か何かだと予想しているが……詳しくは分からない。

「うみゅ……」

可愛(かわい)らしい寝言を漏らすフランチェスカ。

ちなみにだが、魔導図書館は一般公開されている場所は開館日に多くの人がやってくるが、それ以外の許可を得た人間しか入れない場所は滅多に人がやってこない。不法侵入すると強力な自動人形の守護者が襲いかかってくるし、侵入者も滅多にない。

この執務室——フランチェスカの部屋なんて、それこそ誰も訪れないらしい。フランチェスカから聞くには、過去にこの部屋に入ったのは魔導図書館の創設者である人間と、フランチェスカだけなんだと。

しかも、フランチェスカはこの図書館から出られないと聞いた。契約とか何とか言っていたが、とにかくこの空間から動けないということだ。

「そういや、寝てる姿を見るのは初めてだな……」

思えば、俺が昔やってきたときにやたらと世話をさせたがったのも、実は人恋しかったのかもしれない。当時の俺はマジで超嫌だったし逃げ出したけど。

「……」

無言で、その柔らかそうな白い頬をぐにぐにと突く。

「みゅ……やめああへ……」

が、寝言を漏らして身じろぎするだけで起きる気配はない。仕方ないやつだ。

寝息を立てるフランチェスカを眺めながら、俺は小さく息を吐く。

……もう少しだけ、起きるの待っておくか。

それから数十分して目を覚ましたフランチェスカは、おぼろげな眼をこすって小さく欠伸をし、両手を上げて細い身体をんぐーっと伸ばした。

そして、近くにいた俺に気付いて硬直する。

「……なんでまだいるんだね」

「明日も来るって言おうと思って。じゃあそういうことだから」

「待ちたまえ。こら」

帰ろうとすると首根っこを掴まれる。

「私の寝顔を見たかね？」

「ミテナイヨ」

「嘘をつくな！　こら！　正直にいいたまえ！」

がくがくと揺さぶられる。ホントホント、ミテナイミテナイ。

フランチェスカはいつもの老人然とした落ち着き払った様子はなく、頬は赤く紅潮し、取り乱していた。眦にも少し涙が浮かんでいる。

どうやら、寝顔を見られて恥ずかしかったようだ。裸を見られても問題なかったのに何でだよ。独特の価値観すぎるだろ。

……もしかして、前に寝る必要ないとか言ってたのって寝顔を見られたくないからか？

モーニングコールのときに毎回起きてたのも夜に子守歌を歌って寝かしつけようとしても一向に寝なくて俺が諦めて先に寝たのも？　それが理由？

その予想はどうやら当たっていそうで、フランチェスカは「うああ……見られた……」と真っ赤な顔を両手で隠して悶えている。なんかごめん。

「はぁ……まあいい。私が不注意だった。明日も来るって？　ご自由に」

どこか不貞腐れた様子。ごめんって。

「そうだ……これ、渡しておこう」

帰ろうとする俺に、あるものを投げて渡してくる。

「それを使えばどの扉からでもこの部屋に繋がる。いい加減、毎回毎回守護者を壊されるのも困るんだよ。今度からはそれで来てくれたまえ」

「いいのか？　貴重なものだろこれ」

「そうでもしなきゃ無理矢理来るじゃないか……」

「んじゃま、貰っとく」

俺は貰ったそれ――【魔導鍵】を《異空間収納》にしまう。

この空間に繋がる【魔導鍵】はおそらく全世界でこれ一つ。貴重な蔵書が多く保管されている【魔導図書館】にいつでも出入りできるようになる代物。学者であれば喉から手が出るほど欲しいに違いないだろう。なくさないようにしなければ。

俺が素直に受け取るのを見て、フランチェスカのほんの一瞬だけ、もしかしたら見間違いかもしれないが……小さく、ほっとしたかのように息を吐いたのが見えた。

「じゃあ、また来てくれたまえ」

「おう、また明日な」

「ん……そうか、また明日か」

オウム返しに答えて、ふむふむと頷くフランチェスカ。表情こそ生意気な澄まし顔だったが、どこか声色が嬉しそうだ。

——翌日、俺は少しだけ早起きをして、少しだけ遅くまで図書館で勉強をした。

しかし結局、恋とか愛とかはよく分からないままだった。

「レイ。今日、空いてる?」

数日後の昼過ぎ。宿屋の一室。

硬い床の上に寝転んで魔道図書館で借りた本を読んでいると、コンコンと扉をノックする音のあとにイヴが入ってきて、開口一番にそう聞いてきた。

「うん……? 何か用か?」

俺は本を閉じて床に置き、上体を起こして問い返す。

「ん。空いてるかなって」

「空いてるっちゃ空いてるな」

「なら、ちょっとお願いしたいことがある」

そう言って、イヴは両手の指をどこか落ち着きなく擦り合わせる。

その顔はいつも通りの無表情で、眉一つ動いていない。

抑揚のない声もあって、何を考えているのかが非常に分かりづらい。

だけど、行動を共にしているからか、最近では少し分かるようになってきた。

というより、イヴは顔に出ないだけで結構感情豊かだ。

顔に出ないぶん身体の動作に表れるのか、不安なときはいつもより自分の手や腕を触るようになるし、嬉しいときは拳をきゅっと握ったりガッツポーズしたりする。

感情が強いときは顔にも表れるようで、本当に心の底から嬉しければ可愛らしい笑みを浮かべる。愛想笑いとかも一切しないからある意味ではとても分かりやすく付き合いやすい。

一見、取っ付きにくく見えるが、ファッションが好きだったり、たまに恋物語の小説とかを読んでいたりと、その実は女の子らしい一面が多い少女だ。

その俺の分析によるとどうやら……いまのイヴは少し緊張しているようだ。

そわそわと身体を動かしていて落ち着きがない。どこか言いにくそうな様子。

「暇だからいいけど……お願いしたいことって何だ？」

今日は休養日。

ここ最近の日雇い労働で最低限の宿屋（ベッドなし風呂なし洗面台なし一泊三千五百リエン）にある程度泊まれるだけの金を稼いだので、馬小屋におさらばして気の向くままにだらけていた所だ。

魔道図書館にいつでも出入り自由になった俺にもはやリヴルヒイロに滞在する理由は微塵（みじん）もない。宿屋も高いし飯も高い。住民も俺に優しくしてくれない。こんな国二度と来るか。

しかし、承諾してしまった勇者同士の集まりは明後日（あさって）で、その後に行う依頼とやらが終わらない限りは出国できない。

なので、それまでは寝たり寝たり魔導具いじったり寝たり勉強したりと、暇を潰していた。

だから素直にイヴのお願いを聞いてやらんでもない。勉強から現実逃避したいって言う気持ちもある。すごくある。

イヴはひょいっと目を逸（そ）らして。

「……来てくれればわかる」

「いや、いま言えよ」

「大丈夫。えっちな所じゃないから」

そんな心配してねえよ。

「それとも……」

イヴは頬を染めて上目遣いになって。

「レイはわたしと、えっちなこと……したい?」

「よし分かった行くぞ行くから用意しろオラァ!!」

イヴと共に宿屋を出て歩くこと十分弱。

何も知らされないまま、イヴの後ろをついていく形で足を進めていると、【一般区域】にある、冒険者なら誰でも使用可能な演習場の前に到着した。

そこでは冒険者たちが魔法やら剣技やらを修練したり模擬戦をしたりしている。

ここが目的地か?　と建物を見上げるも、イヴは演習場に入らず、入り口の脇の方でそわそわと落ち着きなく突っ立っていた人物の方へ向かった。

その人物も近づいてくるイヴの姿を視認し、パアーッと顔を輝かせる。

「待った?」

「待ってないわよ!　時間ちょうどね!」

「準備できてる？」

「もちろん！　完璧に決まってるじゃない。このあたしよ？　準備をおろそかにするはずないわ。それに、と、と……友達……の、頼みだからね。任せなさい！」

「ありがとと。頼んで良かった」

礼を告げるイヴに、その人物――マーヤは「べ、別にこれくらい普通よ？」となんともないと言いたげに左手を振る。が、右手で髪をせわしなく弄っていて、嬉しそうな顔が抑えられずに口の端がにやついていた。

だが次の瞬間、俺と目が合うと顔が硬直した。よ……よう。

「今日、レイが一緒に手伝ってくれることになった」

一瞬で、嬉しそうな顔から絶望した顔になるマーヤ。

……そういえば、ルーカスとの対抗戦で顔を合わせたものの、こうして面と向かって話すのは初めてだ。なんか気まずくなってきた。

というか、待ち人がいるなら最初に言えよ。知り合いの知り合いと一緒に出かけるとか普通に気まずいって。何話せばいいか分からなくなるって。

とりあえず友好の印として手を差し出してみた。

「よ、よろしく」

「……よろしくう～」

一転して笑顔を浮かべたマーヤと握手。俺の手にギリギリと爪が食い込む。痛ぁい。

「でも、手伝いはいらないんじゃない？　そもそも白魔導士じゃないでしょ」

「今日、全部で何人来るか分からないから、人手は多い方がいいかなって。あとレイは《回復魔法》も使えるから大丈夫。わたしよりも使える」

「ふぅーん、へぇー……」

誇らしげに胸を張るイヴ。俺に突き刺さる疑いの視線。

イヴはこくりと首肯して。

「じゃあ、揃ったから行く」

それを合図に、俺たちは移動し始めた……。


演習場を通り過ぎ、街の大通りをしばらく道なりに進むと、やがて景色が移り変わり緑の木々が立ち並ぶ遊歩道へと繋がった。

辺りには、穏やかに散歩をしている住民がちらほらと見受けられる。

そこからさらに歩き続けること数十分、遊歩道を抜けた俺たちの前に閑散とした景色が広がった。

不気味なほどに静まりかえった空間だった。

歩道の端で山となっている瓦礫。

倒壊してそのまま放置されている住宅。

眼前には、行き手を阻むようにそびえる大きな壁。

【一般区域】と【復興区域】を隔てる壁だった。

イヴは関門のそばにいた門番に近づき、一言二言か何かのやりとりをする。それに門番が頷いて奥に引っ込んだかと思えば、門がゆっくりと開かれる。

「行こ」

それだけ言い、白魔導士のローブを翻してイヴは門の先へと進み始めた。


行き先はボロボロの治療院だった。

壁や床は不衛生に汚れていて、物は最低限の椅子と机しかなく、広々とした空間はがらんとしている。天井はところどころが板で補強されていて、補強されていない穴が開いた場所の真下には雨漏り対策で水桶が設置されていた。

到着するやいなや、イヴとマーヤは職員だろう獣人の女性たちに歓迎される。

「おい、これって」

イヴに聞こうとするが職員たちと共に二人は治療院の奥に引っ込んで行く。

だが、すぐに両手に大きな籠を抱えて戻ってきた。

その中から取り出した大きな鍋、紙の食器……それらを手際よく机の上に配置する。最後に、マーヤが自身の腰に括り付けていた《収納》の魔導具から具材を取り出して、それを調理し始める。

そのまま数十分弱。すでにここに出向いた理由を理解した俺は何も口を挟むことなく、かといって手伝えることもないので、腕を組んで作業の様子を見守っていた。

イヴたちが準備を終えて、職員が正面入り口の鍵を開ける。

そこには人だかりができていた。

職員が案内するように誘導して、治療院の中はにわかに騒がしくなる。

年代は様々で、よろよろと歩く老人もいれば母親に抱きかかえられた小さな赤子もいる。

そして、その全員に共通していることが一つあった。

獣の耳、尻尾、鋭い牙を持つ――〝獣人〟。

それも、【復興区域】の中でも未だ復興作業の進みが遅く、悪魔による被災が色濃く残った地域の獣人たち。

彼ら彼女らは列を乱すことなく、一列に並ぶ。

温かな湯気を立てるスープを貰い、笑顔を浮かべる親子が見えた。

野菜が多く煮込まれてほろほろに溶けていて、栄養満点で美味しそうなスープだ。

次々と列が進む。

やがて並んでいるのが数えられるほどの人数だけになると、イヴは白魔導士の杖を持って、治療院の端の一角に固まっていた人物たちのもとへ動き出した。

いつの間にか俺の横にいたマーヤが、そんなイヴを見ながら。

「あたし、あんたのこと嫌い」

ぶすっとした顔で俺にそんなことを言った。

「……俺、お前には何もしてないと思うんだが」

「イヴはね、本当に凄いのよ。白魔導士としても〝水の聖女候補〟として挙げられるくらい頑張っててあたしは心から尊敬してる。ずっとあの子の背中を見て、追いつこうと努力してきたの」

マーヤは不満そうに唇を結ぶ。

その視線の先には、固まっていた人物たち——悪魔による被害で手足の欠損や皮膚が焼けただれた獣人たちに、治療を施しているイヴの姿。

「これだって、イヴが相談してきたときは反対したわ。『【復興区域】で無償で炊き出しと治療をする』なんて馬鹿げてるもの。ただの白魔導士ならともかく、勇者パーティーに所属してる白魔導士が行くなんて自殺行為に決まってるじゃない」

マーヤは呆れたように肩をすくめる。

「一回目は、警戒されて相手にされなかった。二回目は、馬鹿にするなって石を投げられた。三回目も、四回目も、彼らは善意でやってきた私たちを受け入れなかった」

普通だったらここでやめるべきよ、とマーヤは続ける。

「でも、それでもイヴはやめようとしなかった」

「……」

「馬鹿な子よね。見てて危なっかしいったらありゃしない。あんた想像できる？　大の男に逆上して殴られそうになって、それでも一歩も引かずに頭を下げて『治療させて欲しい』なんて言える？　自分には何の益もないのに？」

《回復魔法》はただでさえ難しい魔法だ。消費する魔力量、魔力操作の難しさ……単純に大雑把に全身にかければ全部治るというわけでもなく、健康な部分に行使すれば逆に害にすらなる。そのため、精密な魔力操作で損傷部分だけを正確に無駄なく治療する力が術者には求められる。

それを、自分のことを快く思っていない相手が素直に受け入れてくれるだろうか？

「……俺だったらしないな」

「でしょう？　あたしだってしない。むしろ相手をぶん殴る」

それは過激すぎる気がする……。

「優しい子よ。人の痛みを誰よりも知っていて、誰かが傷ついていたら率先して動こうとする。〝聖女候補〟に挙げられたのも当然だったわね」

獣人たちに感謝されているイヴを見ながら、マーヤは自分のことのように誇らしげに胸を張る。

「イヴがあんたのことを好きってのは聞いてるわ。耳にタコができるくらい聞かされてる。友達として相談にも乗ったし応援もしてる。……でもね、だからこそあんたのことが許せないのよ」

「はあ？　何でだよ」

思い返しても何も覚えがない。

俺が首をかしげていると、マーヤは言った。

「だって、女たらしなんでしょ？」

「は？」

「聞いたわよ。他の女からも告白されてて、どっちも選ばずにキープしてるみたいじゃない。とんだ女の敵ね。死んだ方がいいんじゃない？」

「めちゃくちゃ誤解すぎる」

すんごい曲解されていた。いや確かに状況だけ見たらそう見えるかもだけど違うんだよ。好きでこうなったわけじゃないんだよマジで。

「イヴには幸せになって欲しいの。そんなクズ男を許せるわけないでしょ」

「……誤解だ。キープしてるわけじゃない」

「じゃあ何？　それ以外思いつかないんだけど」

「いや、マジで違くて……」

誤解を解こうとするも、上手（うま）い説明が思いつかない。

えーっと、これってなんて言えばいいんだ？　イヴとラフィネから勝負を受けていて……って言われても意味分かんなくない？　普通にキープしてると思われそうだが。

頭を悩ませて考え込む。

そんな俺の視線に何を思ったのか、マーヤはサッと自身の身体（からだ）を抱いて。

「も、もしかして……あたしも手籠（てご）めにする気⁉」

警戒した猫のように後ずさりまくった。するわけないだろアホ。

「あたしは諦めなさい。それよりイヴのことよ」

ふん、と鼻を鳴らす。そして、ものすごく嫌そうな顔でこう言った。

「泣かせたら、許さないからね」

剣呑（けんのん）な瞳。絶対に許さないと言いたげに俺を凄んでいる。

俺は小さく返答した。

「……分かってるよ」

「具体的にはボコボコにしに行くから」

「怖ッ⁉　え、許さないってそういうこと？　物理的にって意味？」

「逃げても地獄の果てまで追いかけるから」

なんだコイツ怖い。

睨むマーヤの目は据わっていた。冗談を言っているようには見えなかった。


その後、誤解は解けることなく、あらかた治療を終えたイヴが戻ってきた。

「二人とも、仲良くなれたみたいでよかった」

俺たち二人が話しているのを見て何を勘違いしたのか、イヴは嬉しそうにそう宣う。どこをどう見たら仲が良いと思ったんだよ。どう見ても険悪だろ。

「終わったのか？……あれ、そういえば俺って何で呼ばれたんだ？」

ぞろぞろと獣人たちが帰る姿を見ながら聞いてみる。

思えば何もしてない。ただ見ていただけだ。

すると、マーヤは目を丸くして。

「何言ってんの。ここからが本番でしょ」

「んん？　いや、でもあいつら帰ってるけど」

どういうこと？　と聞こうとするが。

「来たみたい」

イヴの声と同時。

出て行く獣人たちと入れ替わるように治療院になだれ込む獣人たち。

その数はおよそさっきの二倍以上。……え？

「もしかして、俺を呼んだのって」

嫌な予感が頭によぎる。いやないない、違うよな？　な？

「今日は夜まで治療。何人来るか分からない。だから呼んだ」

「俺、ちょっとこのあと用事が」

「空いてるって言ってた。わたしより魔力が多いレイがいれば百人力」

逃げようとするが、手を摑まれて止められる。

俺は理解した。だからコイツ、最初に言いにくそうにしていたのかと。

「……やっぱり、ダメ？」

しょぼんと肩を落とすイヴ。

そのすぐ横ですんごい形相で睨んでくるマーヤ。

……うーん、これは、ダメですねはい。

「や、やってやらあ！　何人でもかかってこいやぁ！」

承諾する俺。やけくそである。

結局、この日の治療は文字通り夜まで、しかも深夜まで行われた。

代わる代わる詰めかける獣人。

終わりの見えないことに死にそうになりながらも治療しまくる俺。

想定以上の人数に途中でイヴが止めてきたが、ここまで来たらもはや意地でもやってやろうと、来る奴らやつ全員に《回復魔法》をかけまくった。来てない奴らにもかけまくった。頑張った。めっちゃ頑張った。

そして次の日。

案の定というか、魔力切れに陥った俺は寝込むこととなった。

◇

「おぉおぉおぉお……」

俺は呻き声うめごえを上げながら、宿屋の床の上で打ち上げられた魚のように脱力していた。

全身がだるい。

身体に力が入らず、猛烈な吐き気がする。

風邪かってくらい体温も高く、吐く息も荒い。完全に魔力切れの症状だった。

最悪だ……昨日、調子に乗ってあんなことしなきゃよかった。

絶えず詰めかける獣人たちに、やけになって【復興区域】全体を覆うように《回復魔法》を行使したのがいけなかったのだろうか。

多くの魔力を必要とする《回復魔法》を同時に行使するのはさすがにダメだったらしい。

本職の白魔導士でも五人以上の同時行使は行わないらしいが、これが理由だったと身をもって理解した。

俺は、《異空間収納》から取り出した魔力回復薬の蓋を開け、口に含む。

「うえっ……まずぅ……」

泥臭い草を濃縮しまくった味がした。吐きそう。

だが、吐き出しては意味がないので一気に流し込む。

魔力切れは一時的に体内魔力がなくなって体調不良を起こしているだけなので、こうしてポーションを飲んで魔力を補充すれば、そのうち身体に魔力が馴染んで風邪のような症状もなくなる。消えるまでの個人差はあるが。

俺の場合はだいたい、およそ八時間ほどだろうか。

俺は体内魔力の総量が多いため、身体に魔力が循環するまでに時間がかかる。

しかも、魔力含有量が多いポーションは材料となる物質の濃度が高いため、それはもう壮絶な味がする。具体的には劇薬の味がする。

だから魔術師は全員、魔力切れなんて事態は避ける。

当然、俺もならないようにしていた。だが昨日の俺は終わらない残業地獄に頭がバグっていて、「もうこの辺り一帯にかければいいんじゃね？」と考えて実行してしまった。

その結果、こうして無事、魔力切れに陥っている。俺はもしかしたらアホかもしれない。

……まあどうせ今日一日寝てれば治るし、出かける予定もなかったからいい。

勇者同士の集まりも明日に迫っていて、そもそも今日は一日引き籠もる予定だったのだが。

「あぁ大変です。こんなにお苦しんで……待っててください、いま楽にして差し上げますからね――」

「大丈夫、大丈夫だから。何もしないでくれればいいから」

至近距離で顔を近づけてくる少女――ラフィネの頭をぐぐと押え付けて止める。

ちなみに、魔力切れの際の対応はもう一つあって、他の魔術師から魔力を分け与えて貰うことでポーションと同じように症状が解消できる。

方法はお互いの身体の接触。手を繋いだり抱きしめたりするのが一般的で、その中でも一番効果が高く早いのが粘膜同士の接触――つまり、キスである。

「じゃあせめてキスを」

「何がせめてなんだよ。微塵も妥協してないじゃねーか」

気持ちだけでいい。本当に気持ちだけで。そもそも俺もうポーション飲んだから。

「妥協すればいいんですか？」

「え？　あぁ、まあ……」

「では、妥協して膝枕をしますね」

流されるままに、ラフィネの膝の上に誘導される。あれ……？

何か詐欺師のテクニックを使われたような……？……はは、気のせい気のせい。

すぐに頭をどかそうとする——が、そこで俺は気付いてしまった。

後頭部の柔らかい感触。包み込むような安心感。

それはまるで——極上の枕に頭を預けているかのような心地よさだったことに。

俺の身体は離れようとしているのに、意思が猛烈に拒否を示すほどだ。

自然と瞼(まぶた)が重くなり、眠くなってくる。

「大丈夫です、もうつらくありませんからね。私がずっとお傍(そば)にいます」

俺の頭を優しく撫(な)でるラフィネ。

柔らかで聞き心地のいい声色に、全てを預けたくなる衝動にかられる。

「ジレイ様は頑張っててすごいです。でも、自分のこともちゃんと考えないとダメですよ。ぜんぶ一人でやる必要はないんです。辛いときは頼ってください」

「別に俺は」

「こらっ！　返事は『分かった』か『結婚しよう』以外は認めません！」

「横暴だ……」

ラフィネは口を尖(とが)らせて、俺の鼻をちょんと指で押さえる。

「でも、良かったです。倒れたって聞いて心配したんですから」

「それは……すまん」

「すまん、じゃないです！　ちゃんと反省してください！」

「う、悪かったよ」

頬を膨らませてぷんすか怒るラフィネ。俺はたじたじになりながら謝る。

聞いた話によると。

俺が倒れたと聞いてラフィネは仕事中にも関わらず駆けつけてくれたらしい。

ただの魔力切れだと知ってほっとした様子を見せていたが、その後は心配なのか、仕事を休む連絡をして、こうしてずっと傍で看病してくれている。

いまも、下心とか関係なく心配してくれているのがその表情で分かった。

心配してくれたのはラフィネだけじゃない。

イヴもいま、宿屋の厨房(ちゆうぼう)を借りて療養食を作ってくれているし。

レティに至っては「大変だ！　待っててしょう！」と魔力回復薬(ポーション)を買いに街中に飛び出していった。持ってるって言う暇もなかった。人の話は最後まで聞け。

……思えば、誰かに看病されるなんて、初めてかもしれない。

大怪我(おおけが)しても病気になっても呪いにかかっても、俺は一人でどうにかしてきた。

頼る相手なんていなかったし、必要もなかった。

それが俺だし、これから先もそれでいい。そう思っていた。

でも……なんだろうな。

「……楽になった。ありがとな」

ラフィネの膝から頭を起こして礼を言う。ラフィネは「それなら良かったです」と柔らかに笑みを浮かべた。

その表情に、俺は少しだけ気圧されて顔を背ける。

なんだろう。なんだか凄く、変な気持ちだ。

むずがゆいような、照れくさいような。これまで抱いたことがない感情。

でも、それが不快なわけじゃなくて……どこか心の奥が温かく感じるような。

「……」

知らない感情に戸惑う。なんだ、この気持ちは？

もしや、これが恋だろうか。……いや、でも本にはドキドキして相手のことで頭がいっぱいになると書いてあった。間違いなく違う。

愛おしく想う気持ちでもない……気がする。愛も違うだろう。

ぼんやりとした頭で考えるも、答えは出ない。

やがて、考え疲れたのか魔力切れのせいか、俺はいつの間にか眠ってしまっていた。

その感覚は……なぜだか不思議と懐かしく感じた。

目を覚ますと、辺り一帯がビンで囲まれていた。

正確には、魔力回復薬のビンで包囲されていた。

「なんだこれ……しかもなんか重い……」

身体を起こそうとするも、ずっしりと何かがのしかかっているのか動けない。

頭を上げて顔だけ向ける。桃色のぴょこんと跳ねたアホ毛が見えた。

「レティ、重いから起きろ。おーい」

起こそうとぺしぺし頭をはたく。さらに強くしがみつきやがった。

レティは能天気にぐーすか寝ていて、悩みとかなさそうな顔。おまけに口を開けているから俺の服がよだれまみれである。きったねえ。

すぐ横にはラフィネの姿。こちらも静かに寝息を立てている。

「ああ、もう夜か……」

窓から覗く空を見ると暗くなっていた。……どうやら、俺はかなり長く寝ていたらしい。

二人が寝ているのも当然のことだった。

俺は起こさないようにレティの拘束から抜け出す。ついでに、魔力回復薬のビンをレティの周りに配置しておいた。なんかの儀式みたいな感じで。

……というか買ってきすぎだろ。三十本以上あるけどこんな飲めねーよ。

見てみるに、色々な種類の魔力回復薬。どう考えても一つの店で買いそろえることはできないほどの多さ。街中を走り回りでもしたんだろうか……あとで礼だけ言っておこう。飲まないけど。

「と……うん、大分よくなったな」

ぐっすり寝たおかげで体調も良く、魔力も七割は戻った。まだ少しだるさが残っているが、少ししたら万全の状態になるはずだ。

「あ……起きた?」

よだれまみれの服から着替えていると、後ろから声が聞こえて振り返る。

「イヴか。おはよう」

「おはよう……じゃないと思う、けど」

外を見てイヴは首をかしげる。確かにおやすみの時間ですね。

「まだ起きてたんだな。いまから寝るのか?」

「うん。……あとちょっとしたら寝ようかなって思ってた」

イヴの様子はどこか弱々しい。何かを気に病んでいるかのように目を伏せていた。

その様子にピンと来る。

「もしかして……今回のこと気にしてるのか?」

問うと、イヴはさらに顔に影を落として、小さく頷いた。

「無理に、お願いしちゃったから……ごめんなさい」

どうやら俺の予想通りだったようで、イヴは沈痛な顔で落ち込む。

確かに、何も聞かずに連れられて行った結果、こうなっているのは事実だ。

だが……。

「バカたれ」

コツン、とイヴの頭を小突いた。イヴは目を白黒させて驚いている。

「俺が承諾して、俺が勝手に無理したからこうなってんだ」

「でも……私が誘ったから」

「だとしても、だ。俺が決めたことに変わりはない。だから、お前が責任を感じる必要なんて微塵もない。勝手に自分のせいにしてんじゃねーよ」

現在の自分は過去の積み重ね。どんなことであろうと、自分の行動が招いた結果だ。ならそれを他人のせいにするのはお門違いで、結局は全部自分のせいになる。

そもそも、断ることもできたのに引き受けたのは俺だ。イヴは何も悪くない。

「迷惑かけるかもって思ったけど、俺がいればもっとたくさんの人を治療できると思って頼んできたんだろ？」

「うん……」

「じゃあ、それでいいんだよ。自分の思った通りにすればいい」

迷惑でも何でも、言ってみるだけならタダだ。引き受けるも受けないも相手の自由、そこから先は相手しだい。

「……ありがと」

俺の言葉で気が軽くなったのか、イヴは顔を上げて微笑む。

「そうだ……腹減ったんだが、何か作ってくれてたよな。貰ってもいいか？」

「あ……うん。いま持ってくるね」

そう言って、イヴはぱたぱたと階段を下りて厨房に行き、温め直した療養食をトレイにのせて盛ってきてくれる。

「あーんして。食べさせるから」

「や、自分で食うから。赤ちゃんじゃないし」

「あーんして」

「自分で食うって」

少し元気になったイヴと何回かそんなやりとりをして、普通に全部自分で食べた。

……おい、ちょっと不満そうな顔するな。

二章　勇者集結

勇者一堂が集結する当日を迎えた。

指定された場所へと向かい、エントランスで受付を済ませて、一時的にレティと分かれて俺だけ入場する。案内に従って歩くこと少し、目的地に到着した。

広いホール内はパーティー会場のようになっていた。招待客だろうか。上品な身なりに整えた人物が多い。普段通りの服装で来た俺の場違い感がえぐい。

肩身の狭い思いをしていると、対角線上にいた白髪の男が俺に気付き、話を切り上げてこちらに歩いてくる。

「来ていただいてありがとうございます。レティノアさんは一緒じゃないのですか？」

「招待どうも。レティは着替えてから来るってよ」

その男――ノーマンは納得したように頷いた。レティもああ見えて貴族のご息女だからな。勇者としても色々と体裁があるのだろう。俺とは違って。

対面するノーマンもきちっとしたドレスコードで身を包んでいる。いつものラフな格好で来たのは間違いなく俺くらいだ。周囲からの「何あいつ？」みたいな奇異の視線がやばいんだわ。思わず冷や汗でちゃう。

「なあ。招待客が来るなんて聞いてなかったんだけど」

てっきり勇者たちと俺だけだと思っていた。手軽な服装で大丈夫って聞いてたし、こんなガチめなパーティー会場だとも思ってなかった。聞いてたのと違う。

「おや？　レティノアさんには伝えておいたはずですが……」

どうやらあのアホが伝え忘れていたらしい。許せませんねぇ！

「はは、すみません。本来なら我々のみだったのですが、押し切られてしまいまして」

「まあ……勇者と関わりを持ちたいって奴らは多いしな」

「教会としても蔑ろにできないんですよ。力を持っている貴族の方が多いですから……」

周りを見渡す。俺でも一度は聞いたことのあるくらい有名な貴族ばかり。会場の周辺も護衛がわんさかいたし警戒レベルも天元突破。いまこの場は各国で影響力を持つ重鎮が集まっていると言っても過言ではない。

それほど、各貴族が勇者との繋がりを重要視しているということだ。勇者のパトロンになることでその勇者が魔王を倒した際に得る利潤を考えれば、お釣りどころか有り余る金と更なる躍進が望める。こぞって関わりを持とうとするのは当然だ。確か、レティとノーマン以外は国に所属する勇者もいれば、所属せずフリーの勇者もいる。

外は所属していないはずだから、それを狙ってきたのだろう。

そういや……レティはどこに所属してるんだろうか。

無所属ではないと知っているだけで、詳しく調べてはいないから知らなかった。レティとそういう話題を話すわけでもないし（というよりあいつは口を開けばパーティー勧誘しかしてこないのだが）、レティがどんな勇者活動をしているのかも知らない。

……考えて見れば俺ってレティのこと、ほとんど知らないな。

「あまり固くならず、この場を楽しんでください。後ほど別室で我々のみで集まります」

そう言ってノーマンは離れようとする前に「ああ、そうです」と振り返って。

「どこかでカアスさんを見かけたら、連れてきていただければ助かります」

「カアスって確か……【呪】の勇者か。まだ来てないのか？」

「おそらく。存在感が薄くているかどうか分からない人ですので……もしかしたら迷っているのかもしれません。何考えているか分からない方ですし」

「そ、そうか」

随分ひどい言い草だ。方向音痴なのか遅刻魔なのか。変人なのは間違いない。

では、とノーマンは一礼して離れる。もしかしたら、肩身の狭い俺を気遣ってくれたのかもしれない。心の中で感謝を述べて、テーブルに並べられているごちそうに遠慮なく手を伸ばす。

「うっま!?　うまっこれうま!!」

今日はラフィネもイヴもいない。二人はお留守番だ。この場には勇者たちと招待客である貴族たち、特例としてD級冒険者の俺だけ。ならば、気楽に過ごした方が得というもの。お言葉通り楽しませて貰う！　おっほおおタダ飯うめえ！

取り皿片手にテーブルを巡る。こんなごちそうはそうそうお目にかかれない。でかいエビを頭から尻尾ごとバリバリ喰い、高そうな肉をもぐもぐ食べる。口の中が幸せで広がりまくった。俺はいま、幸せを噛みしめている。生きてて良かった。

「……おい」

「あぁ？」

楽しんでいると、トントンと肩を叩かれた。邪魔すんじゃねえ殺すぞ！

振り返り睨む。青筋を立てた男がいた。赤髪、金色の瞳。ルーカスだった。

「後にしてくれ。いま忙しい」

「貴様は体裁というものを知らないのか？」

うるせぇ！　んなもん赤子のころに捨ててきたわ！

「苦情が来ている。目の濁った不審人物が食い荒らしているとな」

「失礼な。こっちは招待客だぞ。用意された食事を食べて何が悪いと言うんだ」

それに、どうせこんな機会二度とないんだ。こちとらD級冒険者。コネも金もない。おまけにプライドもない。出禁になってもなんにも痛くなあい！

無視して食事を再開。ルーカスは俺の態度にあっけに取られたように言葉を呑んで、代わりに冷めた目を向けてきた。

周囲にいる貴族の顔ぶれを見るに、どうせ俺なんかは一生関わりすらしない奴らだ。何を思われても特に問題はない。俺はきっちりしたドレスコードで身を包んでいるわけでもないし、鈍色のプレートを首からぶら下げているD級冒険者だが、最低限のテーブルマナーは守っている。不当な扱いを受ける謂れはないはずだ。

確かに俺の社会的地位は下層も下層、最下層。彼らからしたら下民かもしれない。だがしかし、俺は招待された側の人間なのだ。つまり、いまこの状況においては俺と彼らは対等であるべきであり、食事をしているだけで批難されるのはおかしい。そうだ、俺は間違っていない。この社会が間違っている！　目の前のご馳走を貪るために、俺は徹底的に抗議するぞ！

「……まあ、いい。言っても意味がなさそうだ」

ルーカスは近くの壁に背中を預けた。腕を組んで、ぼうっと宙を見やっている。

なんだこいつ……邪魔なんだけど。

「どっかいけよ」

「疲れたんだ。ここは静かでいい」

小さく溜息を零す。どこかうんざりした様子だ。

どこからか視線が刺さる。振り返ると、貴族のご令嬢たちから向けられていた。

なるほど。さっきまで拘束されていたのだろう。俺ほどではないが（俺の方がイケメンであると自負している）こいつも外見は整ってる。勇者としての人気も高いなら、お近づきになりたい貴族も多いというものだ。人間、顔がいいと何かと得だからな。俺もイケメンだから何かと……何かと……あれ？　特に得したことが思い当たらない。というかあまり顔を褒められたことがない。おかしいな、俺はイケメンのはずなのだが……？

「貴様は自由でいいな。軽蔑する生き方ではあるが」

「一言余計だ。なら、俺と身体を交換できるってったらするのか？」

「……ああ、それも悪くはないかもしれん」

「俺はごめんだ。考えただけで鳥肌たつわ」

うへー、と辟易する俺と対照的に、ルーカスはくっくと笑っていた。

十分ほどだろうか。瞑目して休憩していたルーカスは「助かった」とだけ言って立ち去ろうとする……が、その前に、俺は聞きたいことがあったのを思い出して、引き留めた。

「なんだ」

「いや、大したことじゃないんだけど。……お前、あのときさ」

「あのとき？」

「俺と闘ったときな。あのときお前……」

何気なく、俺は言った。

「本気、出してなかっただろ」

沈黙が流れた。ルーカスの顔色に変化はない。

「……どういう意味だ？」

「とぼけんなよ。勇者なら分かるだろ」

「分からんな。俺は全力を出した」

「確かに、あの段階ではそうだった。でも、お前にはまだ先があった」

ルーカスは何も言わず背中を向けた。これ以上話すつもりはないらしい。

食えない奴だ。あれほどの力を持っている勇者の聖剣が未覚醒なわけがない。

あの闘いでルーカスは歴代勇者の聖剣しか見せなかった。まだ隠し球があったのは想像に難くない。

ただの対抗戦で本気を出すわけがない、ってことか。舐められているわけではないだろうがムカつくのも事実。俺も本気ではなかったものの、全力を出されたらどうなるか分からない。再戦の予定も、負ける気もさらさらないが。

食事を再開。胃袋を満たしつつ何杯目かの冷たい水を飲むと、ぶるると身体が震えた。っと、催してしまった。……あれ、トイレってどこだっけ？

俺は急いでお花を摘みに向かった……。

◇

「ふぅ……」

スッキリした顔つきでトイレを出る。迷いまくったけどなんとか間に合った。場所を聞いてからいけば良かった。そう気付いたときには既に迷っていた。

戻りは覚えているから迷いなく行ける。この角を右で突き当たりまで直進。左に曲がってすぐ右で斜め前を左、渡り通路を抜けて二個目の十字路を左でそのまま左右左左右。設計したやつ殴らせろ。

「——」

淀みなく足を動かしていると、どこからか変な音が聞こえてきた。

人の声……か？　物音とかじゃない。女性の声だ。すぐ目の前の一室から聞こえる。

鍵はかかってなく、扉は僅かに開いた状態。

確か、今日この会場は貸し切りのはずだよな。職員か清掃員だろうか？　しかし、職員は本会場での対応で忙しいはずだし、清掃中の看板があるわけでもない。

スルーするか迷う。でも不審者だったらまずい。あれだけ警備がいて見落とすなんてないだろうが、万が一ということもある。

俺は近づいて、耳を澄ませてみた。

「――うん、うん。そうかな。そうだよね。同じ勇者なんだから、仲良くできるよね。でも嫌われちゃったらどうしよう……もっと元気に行けば大丈夫って？　私にできるかなあ……うん、分かった。じゃあそうしてみる」

ぼそぼそと覇気のない声。誰かと会話してるのか？　いや、でも声は一つしか聞こえない。声を出していないだけで他に誰かいるのだろうか。

そろり、音を立てないように扉の隙間から覗いてみる。

「元気にってどんな感じかな。うぃーす……こんな感じ？　難しい……そもそも私、陽気な人って苦手だからよく分かんない。自信満々な人見てると自分がゴミに見えて死にたくなる。そっちは気にしなくていいからいいよね。人間関係って大変なんだよ……それにしても、みんな遅いなぁ」

一言で表すなら陰のオーラを凝縮したような女だった。

顔を俯かせているせいで表情は分からない。地面にぺたりと座り、自分の長い髪をぶつぶつと一本一本抜いている。周囲に会話相手はおらず、もし夜中だったら軽くチビってしまいそうなほど怖かった。

関わってはいけない人物だと俺の心が警鐘を鳴らしていた。すぐさま見なかったことにしようと、静かにドアを閉めようとする。

「あ」

が、そのタイミングで女が顔を上げて、ドアの隙間越しに視線が交錯した。

意外にも整った顔だ。目鼻立ちがくっきりしていて、美人といっても問題ない。スタイルも良く、それだけ見れば大人の美人という印象。それよりも目の下の酷い隈と、身体中の各所に巻かれた血で滲んだ包帯が他の印象を塗りつぶしていたが。

「誰……？　勇者の人……ですか？　うぃ、うぃー」

女が軽く手をあげた。親しげに笑みを浮かべたつもりなんだろうが、ぎこちなく顔が歪んでいる。普通に怖いんですけど。

「た、他人です」

思わず敬語になる俺。間違いなく不審者だ。通報しなきゃ。

「あれ……？」

全速力でUターンしようとして、気付く。

よく見たら……というかなんで気付かなかったのかって話だが、髪の色が俺と同じ黒髪じゃないか。しかも瞳の色も黒。珍しい、というか俺以外は初めて見た。

もう一度、改めて女の姿を下から一瞥する。

黒いドレスから覗く艶めかしい胸元。白い肌は不健康的で、細い手足はちゃんと食事をしているのか不安になった。

目線を上げると、ちょうど首元の鎖骨辺りで止まる。

そこにあったのは、濃紫色の特徴的な紋様——【聖印】。

……待てよ。こいつもしかして。

「カアス・エントマ？　勇者の……」

「う、うん。そう……だけど」

◇

俺は自分のことを変わっている人間だと思っていた。

変わっているということは、世間一般から何かが逸脱していて、それは良くも悪くも普通とは違う評価を受ける。

だが、俺にとって人と違うことは褒め言葉である。俺は俺であることを何よりも重んじているし、俺らしく生きるために常日頃から実行しているからだ。

変人と批難されようと、俺は俺の道を往く。そんな人生を送ってきて早十八年、俺は俺以上に変わってると思う奴を見たことがなかった。

が、どうやらそれも今日までらしい。

「話しかけた方がいいのかな。でも何を話せばいいんだろう……面白い話とかできないし、つまらない奴って思われたら……え、あの話なら笑って貰える？　本当に？」

なんせ、目の前の女は俺の目の前でイマジナリーフレンドと会話し始めるほどだ。それに比べたら俺なんて普通すぎる。世界は広いな。この数分でもう関わりたくないって思うとは。

「じゃあ俺はこれで。また機会があればそのときは」

「ま、まって」

踵を返そうとしたら、腕をガシッと摑まれる。

「あのぉ……えっとお………虫とか、好きです……か？」

ふへふへと気味悪く笑いながら、上目遣いでそんなことを聞いてきた。

「き、嫌いじゃないけど好きでもない」

「と、友達になりませんか」

「なんでだよ。嫌だよ」

会話のキャッチボールが百球くらい抜けてんだろ。一人で壁にでも投げてたのかよ。

「き、嫌いって言わない人、初めてだったから……」

カアスは期待に満ちた目で俺を見上げていた。なぜだか分からないが、カアスの中で俺の印象が良くなってしまったらしい。俺は最悪でしたけどね？

「や、やっぱりダメ……？　私が陰気で気持ち悪い死んだ方がマシなゴミだから……」

「そこまでは思ってない」

「じゃ、じゃあ、友達になってくれますか」

「……それは、まあ、持ち帰って慎重に検討させていただくという形で」

「死のうかな。生きてても楽しくないし」

「おい、それは卑怯だぞお前」

最終手段だろそれは！

「子供からは見ただけで逃げられるし、運は悪いし毎日転んでケガするし、仕事でも失敗ばかりで怒られるし、そもそも【呪】の勇者だから呪われるってみんな近づいてすらこないし、友達は使役してる虫たちだけだし……生きてる意味、あるのかな」

「あるって！　きっとあるってたぶん！　お前のことなんも知らんけどあるって！」

俺が適当に勢いで励ますと、「そうかなあ……？」と俯かせていた顔を上げる。

ネガティブというかなんというか。見た目に違わない奴だ。正直もう関わりたくない。

考えて見れば今代の勇者って変人が多い気がする。どいつもこいつも一癖も二癖もあるようなやつらばかり。その中でもこいつはトップクラスだ。

「……ん？　勇者？」

そうか、考えて見ればこいつも勇者なんだよな。いいこと思いついた。

「なっても、いいぞ」

「え？」

「友達、なってもいいぞ。ただし条件付きだが」

「ほ、ほんと？」

カアスはパァーッと目を輝かせる。本当は勇者なんて火種の元と接点を持つことすら御免だけど、あれを教えてくれるのであればなってもいい。

「レティのすごい秘密、知ってないか？　教えてくれたら友達だ」

俺が聞きたいのはそれだった。ここで聞き出せるのであれば、これ以上俺がここにいる必要もなくなる。こいつも俺もハッピー、全員が幸せ！

「レティノアちゃんのすごい秘密？　それを教えたらなってくれるの？」

「ああ。教えてくれればお前と俺は親友だ」

と、言ってはみたものの、よくよく考えれば接点がなさそうなコイツが知っているはずがないか。ならもう関わりたくないし会場に戻ろう。

「なんてな。さすがに知らないだろうし……」

「え？　知ってるけど……」

「……知ってんの？」

「う、うん。すっごい秘密」

ごくり、俺は生唾を飲み込んだ。マジかよ知ってるのかよ。

「……教えて貰えるか？」

「でも、レティノアちゃんも隠したいことだろうし……」

「大丈夫、誰にも言わないから！」

「うーん、でもお……」

その後、押せ押せで押しまくり、でもでもと渋る口を開かせることに成功。

「そのね、実はね……」

「あ、ああ……」

「レティノアちゃんね……」

「ああ……！」

俺の期待が最高潮に達したとき――

「ここらへんね、このくらいの大きなほくろがあったの……！」

自身の右足を持ち上げ、太ももの根元辺りを指さして、そう言った……！

……？

…………??

……………？？？？？

「前にね、勇者同士で集まったときに見たんだけど、普段は隠れてて見えないけど、ちょうど着替えてるときに、見ちゃったんだ……！　きっと、レティノアちゃんが隠してるすごい秘密ってこのことだよね……!?」

高揚した顔のカアス。俺は、窓から覗く空を仰ぎ見た。快晴だった。

「こ、これで友達だよね……？　ふへ、ふへふへ」

「……ああ、よろしくな親友。友達になった記念にルールを作ろう」

「ルール？　いいよお。どんなの？」

「簡単だ。もう二度と俺に話しかけないこと。破ったら絶好な」

「うん！……あ、あれ？」

追いすがるカアスを気にとめることなく、俺は会場へと向かった。

◇

「ちょ、ちょっと待ってえー。歩くの速いよお。……でもいいね友達って。すごいなんか、自分がキラキラしてる気がする」

「それはよかった。あ、俺はトイレに寄るから先に行ってくれないか？」

「私も一緒に行く！　友達ってそういうの一緒に行くし、憧れてたんだ……」

「はは、ありがた迷惑すぎぃ～」

親鳥の後ろに引っ付く雛（ひな）のように付いてくるカアスを引き離そうと試みるが、ふへふへ

笑いながら見当違いな返答をしてきて失敗に終わる。

……おかしい。話しかけるなって言ったはずなんだが。さっきから冷たくあしらっているのに嫌われるどころか好感度が上がっている気がする。

「そ、そうだ……！　親友なんだし、お互いにあだ名で呼ぼうよ」

「分かった。じゃあ俺はお前のこと虫って呼ぶな」

「やった！　私はじーじって呼ぶね！」

「よろしくな虫」

「うん！　じーじ！」

にぱぁ、嬉しそうな顔のカアス。喜ぶ基準が低すぎる。もはやゴミとか呼ばれても喜ぶんじゃねえのこいつ。つかじーじって何だよ。俺はお前のじじいじゃねえよ。

俺が「さすがに虫は冗談だ」と言うと「そうなの？　ふへへ」と破顔する。

うーん……悪いやつじゃなさそうなんだよなぁ……。

会場へ向かう途中の数分ほど。そのあいだでカアスと会話を交わしてみたが、悪いやつではなさそうだった。良くも悪くも天然というか……。

変人度では群を抜いているものの、何か悪影響を及ぼしてくるようには見えない。イマジナリーフレンドと会話をしなければ少し変わった少女のようにも見える。

もちろん、この短時間で見極められたとは思わない。しかし、なんというか、こいつからは邪念とかそういったものが一切感じられないのだ。

人間、誰しも表面と裏面を持っているものだ。取り繕った自分と素の自分。こいつは話していて素全開って感じで、自分を隠している感じがしない。

友達になりたいとは思わないが……邪険に扱う必要もない気がしてきた。まあ、何か面倒なことになるまでは普通に扱うか。俺に好意的だし、問題を起こさなければいい。

「じーじは冒険者なんだよねえ？　いいなあ。私、弱いから魔物と戦えないんだあ。冒険者登録の試験？　あれ難しくて落ちたし……」

「……あれって誰でも受かるんじゃねえの？」

「え？　でも、ふつうに落ちたけど……」

冒険者登録の際に行う試験では、体力・魔法・適性の測定を行う。簡単なテストを行い、その結果に応じてB～Gの五段階級で区分されるというものだ。

F～G級であれば、一般市民でもほとんど合格する。と言っても、冒険者であることを証明する金属製のプレートが貰えるのはE級からで、それ以下は冒険者ギルドに名前と簡単な情報が記載されるだけ。依頼の受注に有利になることもなく、形だけであまり意味はない。

そんな、余裕も余裕で簡単すぎる試験を、落ちた……だと――!?

「ちなみに何で落ちたんだ？」

「う―ん？　なんか、体力がなさすぎるって言われた……」

「体力テストって確か、中距離走だけだったよな。魔物遭遇時に最低限の逃げる速力と持久力があるかどうかってやつ。え、あれ落ちるん？」

「えっとね、タイムが遅いみたい」

「へー、何秒？　さすがにあの距離なら一分くらいか？」

「三十分だった」

「運動神経悪いってレベルじゃねえぞ」

平均三分で子供でも五分ちょいなのにお前。運動しろお前いますぐ。

そうこうしている内に会場へ戻ってきた。

道案内も終わったので、カアスと別れようとする。

「……？　何だよ、放せよ」

が、カアスに腕をガシッと摑まれて足を止めた。

「ひ、人、多くない……？　なんか見られてるし……」

「そりゃ、お前が勇者だからだろ。みんな話したいんじゃねえの」

「あんまりそういうのはちょっと……か、代わりに話してくれたりする？」

「するわけないよね。じゃ」

「あ、あぁーっ!?」

素早く腕を振りほどいて離れると、勇者と関係を持ちたい貴族たちがぞろぞろカアスを取り囲む。その中心で、カアスが目を白黒させて助けを求めているのが見えた。頑張れ！

一人になれたのでひと息つき、周囲を見渡す。

広い会場内は招待客で密集していた。その中でも多くの貴族たちが固まっている場所は勇者がいるところだろう。

人混みが嫌いな俺としては最悪だが、俺の周囲は人払いの結界でも張ってあるかのように誰もいないから一安心だ。何もしてないのになぜだ……？　俺から滲み出る風格に恐れをなしているのかな？　きっとそうだな。それ以外ないしな。

「……あれ、あの人の周りもいないいな」

よく見渡すと、俺と同じで周囲に誰もいない人がいた。

少女だ。背丈は低く、年齢は十三歳ほどに見える。顔立ちは幼くあどけないが、落ち着いた大人のような印象もある。身を包むドレスと、少女が目を伏せて物憂げな表情をしていたからそう見えたのかもしれない。

髪色は目立つ桃色。瞳の色は薄翠で——って。

「レティ」

近づいて声をかける。その少女——【攻】の勇者のレティはこちらに顔を向けて、俺だと気付くと顔をぱっと明るくさせた。

「ししょうだ！　おはよう！」

「もう昼だぞ。お前は今日も元気いっぱいだな」

「勇者だからな！　そうだししょう、これ美味しいから食べろ！　これ！」

でかい肉の塊を指さして、食え食えと押してくるレティ。その顔は見ていて釣られるほど元気満点の笑顔。

……うん、レティだ。いつも通りのレティだな。

「でも、そのドレス割と似合ってるな。一瞬、別人かと思ったよ」

「ん？　私は私だぞ？」

「いやま、そうなんだけど。やっぱりレティも貴族のご令嬢なんだなってことだ」

これまで、勇者姿のレティしか見たことないからなおさら驚いた。気品や礼節とは正反対だと思っていたが、こうしてみると中々にそれっぽい。

しかし、レティはあまり浮かない顔をしていた。

「んだよ、せっかく褒めてんのに」

「……だって私は勇者だから、お嬢様じゃなくていいんだ」

「なんだそりゃ」

「こういう場所では静かにって言われたからしてるだけだぞ。だから、〝お姉ちゃん〟の真似してるんだ」

「お姉ちゃん？　へぇ、レティって姉がいたのか」

「ああ！　お姉ちゃんはすごかった！　色々教えてくれたからな！」

レティの姉か。真似してたってことはさっきのレティみたいな人だろうか。レティがこんだけやかましいのに姉は真逆とか想像できねえ……。

しかし、意外な特技だ。レティはものまねとかできないと思ってた。

「他にもなにか真似できるのか？」

「できるぞ！」

「おー、見せてくれよ」

快く承諾するレティ。どんな真似をしてくれるのか見ていると……。

雰囲気が、ガラッと変化した。

瞳は暗く濁り、眼差しは達観したように冷めている。その、別人になったと錯覚する急変に俺の身体がぞくりと震える。

「……れ、レティ？」

「……」

レティは俺を一瞥だけし、視線を宙に向けた。

急変具合にさすがに心配になり、俺はレティの身体を軽くさする。

「だ、大丈夫か。何か洗脳魔法とか受けてるんじゃ……」

「──静かにしろ」

口を押さえられる。やんごとなき雰囲気を醸し出している。

「〝奴ら(やつら)〟がすぐそこまで来ている。死にたくなければ口を塞げ」

俺は口を塞いだ。な、なんだと──！　奴らが……奴らって誰だか分からないがとにかく奴らがすぐそこまで!?

俺は周囲一帯に《探知魔法》を行使する。だが、これといって行動に違和感がある人物を発見することはできなかった。

「い、いったい誰が俺たちを……」

ゴクリ、緊張の面持ちで生唾を飲み込む。

「あぁ、それは──」

レティは鷹揚(おうよう)に頷(うなず)いて、こう答えた。

「【深淵(アビス)】だ」

「あ、アビ──……うん？」

……あれ、なんだか悪寒が。

「俺は〝理から外れた呪われし存在〟──フッ……因果なものだ。【深淵の監視者(アビス・オブザーバー)】として陰に潜む俺が、光の者である〝勇者〟を目指しているなんてな。……いや、むしろそれこそが必然だったのやもしれ――」

「キャアアアアアアアアァァァァァァァァァァッッッッッ！！！？？？（俺の声）」

ちょ、ちょっとォ！　ちょっとちょっとォオオ！？？

「んー？　どうしたしょー？」

「どうしたじゃねーよ！　おま、それ俺の真似じゃねーか!?」

地面をビタンビタンのたうち回る俺。一言一句違わない過去俺のセリフに、忘れかけていた古傷がフラッシュバック。俺の心にクリティカルヒット。もう過呼吸です。

心臓を押さえてなんとか耐える俺に、レティは当然のごとく「そうだぞ？」と答えやがった。

「頼むから忘れろ……つか前から思ってたけど何でそんな覚えてんだよっ……！」

「だってかっこよかったから！　大切な思い出だから絶対に忘れないぞ！」

「俺の醜態を大切な思い出にすんじゃねえっ……！」

満点笑顔のレティ。俺は苦渋の顔。普通に絶望しそう。

荒くなった息を深呼吸してなんとか抑える。「もう真似はいい。ほんとにいい」と言う。レティは「そうかー？　もっとできるのに……」と残念そうな顔。

いかん。これ以上は俺の精神衛生上よくない。世界を破滅させたくなる前に話題を変えるべきだろう。っつかマジで何で俺の黒歴史を一言一句暗記してんだコイツは。

「他の話をしよう。……そうだ、レティってどこに所属してる勇者なんだ？」
「む？　うーん……よく分からない！　貴族の人のところって聞いた！」
「なんだその適当さ。支援とかしてくれる所なんだから知っておけよ。自分で決めたんだろ？」

基本的に、勇者に選ばれた者は魔王を倒す使命があるというだけで、それ以外はあまり決まった規則などはない。便宜上、勇者教会が勇者の管理を担っている形にはなっているものの、強制的な拘束力は実はなかったりする。

だから別に今回のような召集命令をされても従う必要はなく、勇者の裁量に任せられる。

……まあ、といっても勇者は期待されて周りに持ち上げられ、断れば冷たい目を浴びせられることも多いから、実質的には強制みたいなもんなんだが。他にも魔物討伐とか人助けとかはやって当然と思われて、聞いた話だと勇者をおつかいに使った事例もあるらしい。ひっでえ。

しかもほとんどの場合は無給。あくせく働いても冒険者のように報酬を得ることはできない。そのくせ年中休みなしときた。ブラックギルドもびっくりの勤務形態だ。

しかし、その代わり勇者には支援してくれるパトロンが付くケースが多い。それは国、貴族、商会と様々だが、将来有望な勇者なら年換算で巨額の支援を受けられるとか。

レティも勇者序列は高い。なら、相当有名な大貴族が支援してくれているのかと思ったのだが――。

「自分で決めたわけじゃないぞ？」

「え？　いや、向こうから支援させて欲しいって来たんじゃないのか？」

「ちがうぞ。私が勇者として活動するために必要だからなったんだ」

「ふーん、よく分からんけど、騙されてるわけじゃないよな」

レティはアホだから少し心配になる。セールスに「勇者ならこれを買っておくべきで～」とか怪しいツボを売られたら普通に買いそうだ。って、それは昔の俺じゃん！　はっはっは（泣）。

「大丈夫だ！　お金も何も貰ってないからな！」

レティは胸に手を添えて、堂々と答えた。

「大丈夫じゃないよ？」

額にツーッと脂汗が流れる。マジか、マジかお前。すんごい心配になってきたよ俺。

「レティ、悪いことは言わない。そこはやめた方が良い。今すぐ」

「でも、そのおかげで私は勇者になれたぞ？」

「勇者になれたって何だ。勇者なんて【聖印】が出れば誰でもなれるわ。いいからやめとけ。俺はお前のためを想って言っている」

肩に手を置いて説得するも、レティは納得いっていない表情。

「まあ、レティは金に頓着とかないのかもしれないけどな、だからって人に搾取されていいわけじゃない。人が良いだけのイエスマンは便利に扱き使われるだけだ。自分のためを思うならちゃんと将来を考えていいところに所属しないと。つまり要約すると、貰ったその金を俺に渡せばいいってことだ」

完璧な論理。結局のところ貰った金を俺が欲しいということを相手を心配しながらも説明しているだけなのだが、アホなレティはきっと分かっていない。俺はきっと詐欺師とか向いてると思う。やらんけど。

いつものレティなら「そ、そうだったのかー！　分かったそうする！」とか言ってどこかに走り去っていくと考えていた。それを俺が止めて、今度はちゃんと冗談とか言わずに懇切丁寧に説明するつもりだった。

レティは顔を俯かせて、ただこれだけを口にした。

「それは、できないんだ。私は勇者だから」

明確な拒絶の言葉に、俺は呆気にとられる。

瞳を伏せたその姿はいつもと違い元気がなく、弱々しい。

「……どういうことだよ。別に勇者とかそんなの——」

問いただそうとレティに手を伸ばした、そのときだった。

「——レティノア、私に挨拶がないとは何事だ？」

背後から威圧的な声と共に、大きな人影が床に投影される。

俺は振り向く。そこにいたのは見るからに上品な身なりの、見上げるほどの大男。

レティが小さく息を呑んだ。

自分を守るように右手で左腕を摑み、無言で俯いている。顔を伏せる一瞬、見えた瞳は俺の見間違いでなければ、ひどく不安げに揺れていた。

「お前が、我がイノセント家の養子になれたのは誰のおかげだ？　言ってみなさい」

「……」

男は黙り込んだレティに近づき——無造作に桃色の髪を摑み、乱暴に引っ張った。

レティが投げ出されるように倒れ込み、テーブルに衝突して豪華な食事といくつものグラスが無残に地面に撒き散らされる。

「〝ガラクタ〟には言葉では分からないか。いいだろう——」

レティの髪を摑んで強引に立ち上がらせた男は、勢いのままに拳を振り上げる。

「やめろ」

その拳が振り下ろされる直前——俺の手は、男の腕を強く摑んでいた。

◇

「……なんだ、君は？　放しなさい」

「なんだ、はこっちのセリフだよ。自分が何してんのか分かってんのか？」

「分かっているとも。これは私たちの問題だ。部外者は手を出さないで貰いたい」

「あぁ？　目の前で知り合いが殴られてんのに、黙って見てるわけねえだろうが」

男は俺を冷淡な瞳で見下ろして溜息(ためいき)をついた後、摑んでいたレティの髪から手を離した。

俺も男から手を離し、レティを隠すように対峙(たいじ)する。

「……まあいい。不問としよう。今後は気をつけなさい」

こくりとレティが小さく頷いた。ざわつく周囲の招待客に男が流麗な一礼をすると、招待客たちは目を逸(そ)らしてまた歓談に戻っていく。

散乱した料理を片付ける職員に多額のチップを渡す男。誰も彼もが、今この場に起きた騒動を何事もなかったかのように振る舞っている。

……なんだ、こいつら。気持ちが悪い。

この場にノーマンか他の勇者がいれば注意の一つくらいはしてくれただろう。だが、広いホール内でかつ歓談の声が絶えないこの場では彼らの元へ届かなかったようだ。

確か、イノセント家と言っていた。聞き覚えがある。レティ、レティと呼んでいたからすっぽり忘れていたが、レティの家名だ。

周囲の貴族が無視した理由が分かった。イノセント家といえば、歴代勇者の多くを支援してきた名門貴族の一つ。勇者の歴史と共に歩んできたその地位は盤石で、各国、ことグランヘルト帝国内においては政治的に強い権力を持っている。そんな権力者に真っ向から刃向かえるものはここにはいない。

頭の中が急速に冷えていくのを感じる。権力、金、名声……俺が嫌いな人種たちがこの場に存在する事実を再確認して、喉から痰を吐き出したいほど強い不快感を覚えた。

男は優雅にグラスを傾けて中身を飲み干し、こちらに顔をむけて。

「……勇者活動は順調か？　くれぐれも家の評判は落とさないように」

レティは返事をしなかった。男も返事は期待していなかったのか、鼻を鳴らして立ち去ろうとする。

「待てよ」

俺は自分よりも大きな男の肩を摑んで、呼び止めた。

「どうしたのかな？」

男は振り向いた。口の端は上がってにこやかな笑みを浮かべていたが、その瞳の奥は侮蔑に塗れている。

「養子……って言ってたな。レティの父親なら、もっと言うべき言葉があるだろ」

「さて、よく分からない。君は何を言いたい？」

「〝謝れ〟って言ってんだよ。急に来て殴って、家の評判は落とさないように？　ふざけんのもいい加減にしろ」

「謝る……？　なぜ？　私が？」

男は表情をまったく動かさない。その視線の先も俺を見ているようで俺を見ていない。

同じ人間ではなく、なにか別の……例えるなら路傍の石を見るような目をしていた。

「見当違いなことを言う男だ。私はそこのガラクタの父親ではない。それを勇者として扱うために、致し方なく養子にしているだけだ」

「なんだと――!?」

「それを娘だと思ったことは一度もない。……まさか、それを人だと思っているのか？

これは傑作だ。ただの道具を――」

風を切る音がした。俺の拳が、男の顔面を殴ろうと動いている。

何も考えず、衝動のままに、俺は最適な選択を選んだ。後悔はしない。細かいことはどうだっていい。ただ俺はこいつを力の限りぶん殴りたかった。

だが――その拳が届くことはなかった。

「レティ、止めるな」

男と俺の前に立ちはだかって、レティが俺の拳を受け止めていた。

「ししょー、私はだいじょうぶだ」

「大丈夫なわけっ、ねえだろ！　いいからそこをどけ！」

「だいじょうぶ！」

レティは俺を見上げて、にへらと笑う。

「だいじょうぶだ……」

いつもの笑みだ。元気が取柄で何も考えていなさそうなアホな笑顔。

変わらない表情のはずなのに、いまばかりはそれが強烈な違和感を生んでいて、俺は息を呑んで硬直してしまう。

「よくやった。それでこそ道具だ」

男は去って行く。俺の手はレティに摑まれていて動くことができない。

男が見えなくなったのを確認して、レティは俺の手を放す。そしてまた、いつも通りの笑みと、いつも通りの言葉を発した。

「ししょー！　お腹空いたからあっちのあれ一緒に食べよう！」

ぐいぐいと俺の背中を押すレティ。元気満点の声。でも俺は、俺を押す小さな手が少しだけ震えているのを見逃せなかった。

レティは俺が動かないのを見ると、テーブルへ走り料理を取り皿に盛って、こちらに戻ってくる。ご丁寧に俺の分も持ってきて。

俺は強引に持たされた料理に手をつけず、レティに問いかける。

「なんで、止めたんだよ」

「んー？　もが、むがが……」

口いっぱいに頬張った料理を咀嚼して飲み込むと、笑顔で言った。

「だってしょーが捕まっちゃうから！　それは嫌だからな！」

「……俺は別に、それでもよかった。そもそも俺は簡単に捕まるような人間じゃねえよ」

「でも、犯罪した人は勇者パーティーに入れないぞ！　それは困る！」

「どっちみち入らないから安心しろ。……なあ、レティ」

「む？　あんあ（なんだ）？」

口に食べ物を入れてふがふが。俺はそんなレティと目線を合わせて、珍しく真面目な顔つきを浮かべた。

「前にも言ったが……何か言いたいことがあれば、言ってもいいんだぞ。隠してることとか、何でも」

「おお！　パーティー入ってほしい！」

「それ以外で、だ」

相変わらずの返答をするレティに苦笑する。

「俺は例えお前にどんな秘密があっても、何も驚かないし対応も変えない。お前はお前だし、俺の中のお前は変わらない。だから……その、あれだ」

レティはきょとんとした顔。少しして、嬉しそうな顔を浮かべた。

「やっぱり、ししょーはししょーだな！」

「は、はあ？　なんだよそれ？」

「でも、教えるのはダメだぞ！　秘密だ！」

「秘密ぅ～？……レティのくせに生意気だ。おら話せ！　おらおら！」

　脇をくすぐられたレティは「わははー」と楽しげに笑う。俺も何だか興が乗ってしまい、周囲の目なんて気にせずに二人して子供みたいにじゃれついた。

「ほらいいだろ。話せよ」

「うーん、やっぱりダメだ」

「強情なやつめ……吐くまでくすぐってやろうか――」

　手をわきわき。周囲から見たら俺は完全にロリコン犯罪者。通報一歩手前である。くすぐりを再開しようと手を動かしたとき、次のレティの言葉で俺は手を止めた。

「私はまだししょーみたいに強くないから」

　だから。そう続けて、レティは小さく笑う。

　それは笑っているはずなのにまるで寂しげな、泣きそうな笑み。

「ししょーにだけは、言えないんだ」

　にへら、レティは朗らかに笑って、拒絶するように背を向けた。

◇

やがてパーティーが終わり、招待客が会場から全員出払ったのを確認したあと、勇者たちと俺はノーマンに呼び出され、別室に集まった。

ちゃんと人払いの結界は張ってあるようで、この部屋の周囲一帯に俺たち以外の気配はない。これなら盗聴の可能性はないだろう。

円卓に全員が着席したのを見届けたノーマンが口を開く。

「皆様、お忙しい中お集まりいただきありがとうございます。本日は僭越ですが私、ノーマンが進行を務めさせていただこうかなと……他にやりたい方がいればお願いしようと思いますが、どうでしょうか？」

手をあげる者はいない。ルーカスは我関せずと瞑目しているし、レティは行儀良く座っている。カアスだけは周りをキョロキョロして落ち着きなく、手をあげた方がいいのかどうかで迷っている様子だった。

「カアスさん、どうしました？」

「えっ……えっと、そのお……それってやった方がいいやつですか……？」

「強制ではないですが……やりますか？」

「え、い、いいえ……いいです……」

そうですか、とノーマンは了承し、俺たちに向けて紳士な一礼。

「では、私が務めさせていただきます――」

そう言ってノーマンは、招集した目的である〝依頼〟について話し始めた……。

「まず、依頼概要からお話いたします。内容は〝護送依頼〟。目的地は迷宮【怨嗟の谷】――失礼しました。【試練の谷】となります」

おずおずとカアスが手をあげる。

「ご、護送依頼で、そんなところに行くんですか？　依頼人さんが危険なんじゃゃ……」

「もっともなご質問ですね。ですがこの依頼は依頼人を護衛するものではありません」

「え、じゃあ何を……？」

「皆様にお願いしたいのは二つです。一つがある人物を【試練の谷】の最深部まで〝無事送り届ける〟こと。二つ目がその人物を、最深部に〝置き去り〟にすること」

ノーマンは平然とした顔で、異常なことを発言した。両目を覆っている白い布と歪んだ口が発言の異質さを際立たせる。

理解できずに目をぐるぐるさせるカアス。ルーカスは顔色一つ変えず瞑目したままで、レティも変わらず静かに座っている。

俺は軽く挙手をして。

「質問したい。その人物ってのは〝罪人〟か？」

「ざいにん……？　何で罪人なの？」

【試練の谷】はかつて【怨嗟の谷】って呼ばれていた。じゃあなんで、【怨嗟の谷】って名前だったと思う？」

「えっと……なんでだろ……危ないから、名前を怖くして人が来ないように……とか」

「正解は、人の恨み、絶望……怨嗟が谷の底から聞こえてくるからだ」

「な、なんで？　怖あ……行きたくない……」

「諸説あるが、最も有力なのはその昔、グランヘルト帝国が罪人の処刑に使っていて迷宮(ダンジョン)化したと言われてる。実際どうだったのかは分からないけどな」

「おっしゃる通りです。……ですが、驚きましたね」

「まあ、このくらいはな」

「いえ、そのことではなく……」

ノーマンはほう、と顎に手を当てて俺を見て……？　ん？　いや俺じゃなくて俺の少し右――？

「カアスさんとそこまで仲がよろしいとは……」

俺の右、正確には真右、俺の服に隠れるように縮こまっていたカアスを指さすノーマン。

「お、おい。話し合い中だ。どうしたんだよ」

広い円卓に勇者たちが対角線になるように座っていたというのに、気付けばカアスは勝手にイスを動かして俺の隣に陣取っていた。何してんだお前ェ！

「わ、私お化けとか怖い話って苦手で……」

「そんなの知るか。ほら、あっちいけ」

「し、親友が困ってるときは助けてくれても——わああーっ!?」

最後の抵抗を見せるカアスを強制的に引き剝がし、離れた場所に座らせる。ガタガタと震えているのを見るに、本当にこの手の話がダメなようである。むしろ俺は虚弱すぎるお前が怖い。

「……よく、仲良くなれましたね」

「な、何だかんだでな。俺はいつ絶縁しても構わないが」

「まあ、変な方ですからね……」

本人を前にして失礼すぎる会話。しかしカアスは自分の世界に入ってイマジナリーフレンドと会話をし始めたから聞こえていないようだ。ほんとそれ怖いからやめろ。

「…………会話を戻そう。罪人なのは間違いないんだな？」

「はい。彼の懲役として、これ以上相応しい場所はないと上が判断しました」

「……罪人の名前は？」

唾を飲み込んで質問する。ノーマンは答えた。

「〝レドニス・テリコス〟。歴史に名を残した学者であり、大罪人──」

そして、次の言葉で、俺は大きく目を見開いた。

「レティノアさんの、〝父親〟だった男です」

◇

〝レドニス・テリコス〟。

勇者について学んだ者であれば聞き覚えのある名前だ。

【聖印】と【聖剣】を研究する〝勇者学〟の分野では名高い人物であり、彼の功績を挙げろと言われたらいくつも浮かぶほどその残した功績は大きい。

一つ挙げるとするならば、未解明だった【聖剣】の覚醒メカニズムに関する研究論文だろう。学会で大きく評価されていて、その論文は現在に至っても基盤として研究の発展に役立っている。

そもそも、勇者は最初から【聖剣】の力を全て引き出せるわけじゃない。勇者を選んだ【聖剣】は勇者の成長と共にその力を解放させていく。この理由は諸説あるが、一番有力なのは【聖剣】の強すぎる力に勇者が耐えられるように調整している……と言われている。

【聖剣】の覚醒で得る力は勇者によって様々で、ほとんどの場合はすでに持っている固有能力の大幅な強化や新しい固有能力の発現となる。それどれもが強力で、覚醒した勇者は覚醒前とは比べものにならない力を得ることができる。

一度覚醒できるようになれば、勇者の任意で覚醒前と後で切り替えが可能。しかし、聖剣の覚醒状態は勇者への負担が大きく長時間維持し続けるのは難しい。いわば最後の切り札……といったところだ。

また……聖剣の覚醒は常識を打ち破り逆境を超える力、とも言われている。

聖剣の力はまだ分かっていないことの方が多い。死んだはずの勇者が聖剣の力を借りて生き返ったりする事例も報告されているくらいだ。まさに理を超えた力といえる。

その覚醒メカニズムをレドニスは発見した。それまで覚醒する勇者としない勇者の違いが判明していなかった勇者学において、これは異例の大発見だった。

俺もその研究論文は目を通したことがある。

小難しい説明と単語が長々と書かれていたのをざっくりまとめるとこうだ——

『精神に大きな変化が生じたとき、聖剣は覚醒する』。

レドニスが過去の勇者を徹底的に調べ上げた結果、大きな出来事や逆境……特に人の〝死〟に触れた勇者ほど、聖剣が覚醒した傾向が高かったという。

もちろん例外のケースもあった。力の強い勇者は何もせずとも突然覚醒したりして、別の要因も関係していると結論づけられた。が、それでも近年の勇者学においてその発見は大きな前進となったのだ。

そんな大発見をした研究者が大罪人として収監されたのはなぜか……噂では、人道に反する実験を行ったからと言われている。

具体的に何をしたのかは公表されていない。帝国に保管されていた貴重な資料物を持って逃亡した罪と、倫理を逸脱した実験を繰り返した罪に問われ、今でも帝国の地下牢に収監されて死刑を待っている……と俺は聞いた。

そんな男が……レティの父親？

レティの顔は暗く、下を向いて俯いていた。その反応を見るに嘘だとも思えない。

「いない」

口元を微かに動かし、レティが小さな声を発した。

「私に、父親はいない」

レティの目元は険が生まれていた。唇がわななないて眼球が微動している。いつも脳天気なレティが初めてみせる……怒りの表情。

「……その男への厳罰が、最深部への置き去りってか」

「ええ。あの場所であれば、永遠の苦しみの中で己の罪を贖罪できるでしょう」

【試練の谷】の最深部は人の怨恨が累積し沈殿している。

その穢れに触れた人間は発狂し、死んだ肉体はアンデッドモンスターと成り果てる。死なない思考能力もない状態となって贖罪もクソもないだろうが、それは大した問題ではないということか。

高い精神汚染耐性、発狂耐性がなければ一秒と存在できない場所だ。立ち入りは固く禁じられており、国の許可を得なければ近くに立ち入ることすら不可能。俺が過去、挑戦できたのも例に漏れず無理矢理侵入したからに他ならない。

「また、この依頼は皆様……勇者としての【試練】も兼ねています」

「し、試練ってなんでですか？」

「【試練の谷】はその性質ゆえに、勇者の聖剣を覚醒させる場所として最適なのですよ」

「へ、へえー、そうなんだ……」

ぽかんと間抜けに開口してほへほへ言っているカアス。よく分かってなさそうだった。

「……加護で高い精神耐性がある勇者にやらせる口実としては、理にかなってるな」

「とんでもない。我々勇者教会はそんなことを思っていません」

「嘘くせえ。どうせ勇者だからって報酬も出ないくせによ」

「……心苦しいですが、ご理解いただきたいですね」

都合良く使われている感が否めない。

確かに聖剣の覚醒場所として【試練の谷】であれば条件はばっちりだ。何しろあの迷宮(ダンジョン)には人の死と怨念が渦巻いている。たとえ勇者であっても攻略することは難しく、下手すれば死ぬ可能性があるだろう。

そこで俺ははたと、ルーカスの方に目を向けた。カアスやレティはまだしも、こいつの力はただの勇者にしては強すぎた。既に覚醒していてもおかしくないと思ったのだが……、しかし、ルーカスは何も口を挟まず座っている。覚醒しているのであればこの依頼に参加する必要がない……なら俺の勘違いか？

「帝国側が【試練の谷】という呼称に変更したのも、勇者の試練として使う思惑があったようですね。……まあ、それも理由の一つにすぎませんが」

「試練とか厳罰とか、要するにその男の死刑を手伝えっつってんだろ」

「死刑だなんて。我々は救済を与えようとしているだけです」

「どうだか。そんなやつ勝手に死刑にしろよ。わざわざ面倒なことしてなんの意味がある？　教えて貰いたいもんだな」

鼻を鳴らして睨むと、ノーマンは「参りましたね」と頰をかく。

「強制ではありません。あくまでも参加の有無は皆様に委ねられています。勇者の皆様に強制するなんておこがましい……」

「……いや、お前も勇者なんだが」

「おぉそうでした。勇者の皆様と肩を並べられるとは想像すらしていなかったので、失念していましたね」

「お前は？　参加するのか？」

「もちろんです。私ごときが試練を受けさせていただけるとは、なんて光栄でしょうか」

　ノーマンはわざとらしい仕草で天を仰ぐ。

「いくつか問いたい。依頼人の名前は？」

「お教えできません」

「このメンバーにした理由は？」

「上層部の判断です。それ以上はなんとも」

「勇者でもない俺が選ばれた訳は？」

「私の独断です。是非あなたには参加していただきたいと思いまして」

「……もし、この依頼で勇者が死んだらどうするつもりだ」

「勇者の皆様であれば、そのようなことはないと考えております」

　質問を重ねるも核心に迫る回答は得られない。不明瞭ではっきりしない答えだけ。

　俺は舌打ちしたくなるのを堪えて、視線を横に向けて周りの勇者たちを窺った。レティは黙りこくっていて、ルーカスはずっと瞑目している。カアスは頷いて聞いてはいるが難しかったのか理解が追いついてなさそうな顔をしている。

「もう一度言います。この依頼は強制ではありません。参加しないことで何らかの不利益を被ることもないと約束しましょう」

受けるメリットが何一つとしてない。不参加を表明しようと立ち上がって退出しようとするが、扉に手を掛けた間際、その男の声で足を止めた。

「事前に話していた通り、俺は参加する」

ルーカスだ。続くようにレティも口を開く。

「私もだ。参加する」

「お二人とも意思は変わらずですね……分かりました。ありがとうございます」

「……お前ら、もしかして事前に聞いてたのか？」

「聞かされていなかったのは貴様と【呪】だけだ」

無感情にルーカスが答える。始めからレティとルーカスの反応が少し鈍いとは薄々感じていたが、そういうことだったのか。

「さて、これで私含めて三人の参加が決まりました。カアスさんはどうしますか？」

「わ、わたし……!?」

カアスはしどろもどろ、手をあたふた。しばらくのあいだ無言で逡巡(しゅんじゅん)して、やがて決心したように顔を上げる。

「や、やります！　こ、怖いのは嫌だけど、克服すれば強くなれるなら――！」

四人、この場に集められた勇者全員が参加を表明。その困難に立ち向かう姿はまさに勇者といっていいほど勇敢だ。カアスに至っては蛮勇、とも言えるが。

ノーマンの視線が俺に向けられる。当然、問いの内容は分かっている。

レティの意思は固く、今さら曲げるとは思えない。何を言っても無駄だと肌で分かった。

それと同時にレティが隠したい何かが、この件と関わっているとも直感した。

これは俺が嫌いな厄介事だ。関わるなと、面倒なことになるに違いないからいつも通りの選択をしろと、本能が告げている。

……そうだ、そうだよな。そうした方がいい。そうに決まってる。

ノーマンが口を開き、想定していた質問を俺に問いかけた。

「では、貴方(あなた)は……どうしますか？」

その答えに、俺は――

◇

次の日。

俺は土木作業の仕事を休み、借りている宿屋のベッドの上に身体(からだ)を横たわらせながら、ぼぅっと何をするわけでもなく過ごしていた。

手の甲を顔の前にかざす。考え込んでいたからか、風邪でもないのに額が少し熱い。かざした手指の隙間から宙を覗(のぞ)くと、部屋の照明がやけにうっとうしく感じて瞳を細める。

結局——昨日、返事は保留にした。

自分でも、なんではっきり断らなかったのかが分からない。

参加するか否かは俺に委ねられていた。間違いなく面倒なことだと分かっていた。

それなのに俺は断らず、こうして返事を悩み続けている。

俺はD級冒険者だ。勇者でも何でもない。参加する義務も責任もなくて、協力したところで金を貰えるわけでもなく、何の利益も発生しない。

「……」

頭の中で、自分でも分からない感情が回っていた。

少し前の俺ならこんなことは迷わなかった。参加が強制と言われても屁理屈(へりくつ)をこねて逃げ回っていたことだろう。

「……くそ。調子狂うんだよ……」

関わる必要なんてない。俺はD級冒険者だ。そういうことをするのは勇者だとかS級だとか、もっと適正な奴(やつ)がいる。俺は、物語の英雄でも主人公でもないんだから。

頭ではそう分かっていても、喉に何かがつっかかったような気持ち悪さが拭えない。何度水を飲んで濯(すす)ごうとしても、こびりついた違和感は一向に解消されなかった。

……ああ、ちくしょう。これも全部、あのアホのせいだ。

レティのせいで、あいつが来たから、俺がこんなに悩むハメになっている。

再会したあの日、レティが俺をしつこくパーティーに勧誘さえしなければ、俺はいまでもＤ級冒険者として何一つ悩むことなく、日々を送れていた。

元凶とも言えるレティが、危険な任務に行こうとしている。もし何かがあって帰ってこなかったとしても、俺には関係がない。

「そのはず、だよな」

納得させるように呟いた。だが、心の中の相反する感情は消えることがない。

俺は——どうしたいんだ？

まさか、レティの身を案じているのか？　俺が？　何のために？

家族でも友人でも恋人でもない、むしろ疎ましく思っている存在を？

……いや、違うな。それは違う。俺はただレティの秘密とやらが気になっているだけだ。

なら……どうしてこんなに、気になるんだ？

昨日、レティと話して分かった。俺はあいつのことをほとんど何も知らない。

いつも元気で考えなしなアホで、食べるのが大好きで【攻】の勇者なことくらいしか、

俺は知らない。意外なことにものまねが上手なのと姉がいたこと、父親が大犯罪者で、義父は平気で殴ってくるクソ野郎……全部昨日、初めて知ったことだ。

ほぼ他人だ。ならどうだっていい。どうだっていいはずだろ？

額を強く押さえる。頭の中で纏まらない思考が渦巻いている。

……気持ちが悪い。無駄なことを無駄に考え込んで吐き気がする。

深く深呼吸をした。淀んだ思考が整理されて、少しだけクリアになる。

俺の人生の目的は？——面倒なことをせず、ぐうたら怠惰に過ごすことだ。

この依頼を受ける意味は？——何一つとしてない。メリットなんて存在しない。

レティを手助けしたいのか？——ありえない。俺の目的を邪魔しまくるレティを助けるのは今後の人生において大きなマイナスになる。

思考が明確になり、重かった身体がフッと軽くなる。

……そうだ、これでいい。気楽に、自分のためだけに生きればいい。

「俺は、俺のために生きてる。他人なんてどうでもいい」

ベッドの上で身じろぎし、身体を横向きにして小さくぼやく。

瞼を閉じると、眠気に誘われた。微睡みに身を任せて全身の力を抜く。

心地良い。いつもの、ぐうたらしてる俺だ。

やりたくないことを後回しにして、その日暮らしで怠惰に過ごす。これでこそ俺だ。

……これが、俺のはずだ。

◇

目を覚ました頃にはすっかり日が暮れて、茜色（あかねいろ）の夕日が部屋に差し込んでいた。

まだ少し重い身体を起こして、ベッドの縁に腰掛ける。安物のベッドが軋（きし）む音が響き、どこからか足音のような物音が耳に届いてきた。

「……起こしちゃった？　ごめん」

声の方向に顔を向けると、扉に手を掛けていた体勢のイヴが振り向いて、そんな謝罪の言葉を口にした。

「いや……大丈夫だ。どこか出かけるのか？」

「うん。晩ご飯の買い出しに行くところ。この時間、安くなるから」

見ればイヴの片手には手製の買い物袋がぶら下がっている。ちょうどいま買い物に行こうとしていたらしい。

部屋内にラフィネやレティの姿はない。

レティは朝から【復興区域】へ依頼を受けに行って、まだ帰ってきてないようだ。ラフィネは「初めてのお給料日ですので買い物してきます！」と朝から意気揚々とショッピングに出かけていった。何を買いに行くのか聞いたら「ジレイ様に似合いそうな服と、子供服と――」と楽しげに話し出したのでそれ以上聞くのをやめた。子供服？　どこの子供にプレゼントするつもりだ……？

イヴもラフィネも今日の仕事は休み。休日が被（かぶ）ったときは大体みんなこんな感じか、俺の見える範囲にいるかのどちらか。

……というか、今さらだけどお前ら自分の部屋があるのにほぼ俺の部屋に常駐してるのなんなの？　一人部屋なのに人口密度が飽和してる。暑苦しくて起きたらベッドの上に俺含め四人寝てたの意味分からなすぎるだろ。

「なに食べたいとか、ある？」

「別に、俺の分も作ってくれなくていいんだぞ」

「作りたくて作ってるから」

「……まあそれなら、いいんだけどさ」

ここ最近はラフィネかイヴが食事を作ってくれる。好意でしてくれているのだと理解しているものの、代わりに何か返せているわけでもないので何だか申し訳ない気分になる。

二人とも「食べてくれるだけで嬉しい」と言ってくれるが、俺としては若干居心地が悪いのは確かだ。何か手伝おうにも俺は料理がからっきしできないし、他の家事も手伝えることがない。女性物下着を洗濯なんて暴挙はできない。せいぜい皿洗いくらいだが、それすらも俺が食べ終わったころには終わっている。なんもしてないじゃん俺。

二人の好意に対して理解して向き合おうと決めた。しかし魔法も剣技も努力すれば理解できた俺がこれに関しては空回りの連続で、正直、どうすればいいのか分からずただ現状に甘んじている。

ぽつりとそうつぶやくと、イヴは俺をじーっと無表情で見つめたあと、とてとてと傍まで近寄ってきて、ぽすんと横に腰掛ける。

「レイは、わたしのこと、好き？」

そして突然、そんなことを聞いてきた。俺は「な、なんだよ急に」とうろたえる。

「わたしは好き。恋愛的な意味で好き。でもレイはわたしのこと、そんなに好きじゃないよね」

イヴは「ラフィネよりは好かれてると思うけど」と付け加えた。

「……そんなことは」

ない、と言おうとして口を塞ぐ。俺がイヴたちに抱いている感情が何なのか理解していない以上、それは嘘になると思ったからだった。

左腕に温かな重みを感じた。イヴは俺の肩に軽く頭を寄りかからせて。

「でも、いい。大切な人とこうして一緒にいられるだけで幸せ。だから何も苦じゃないし、お礼なんて言わなくていい。……もちろん、言われたら嬉しいけど」

肩を寄せて、心地よさそうに目を細めるイヴ。

「それに……レイが少しでもわたしのことを考えてくれただけで、嬉しい」

イヴは口の端を上げて笑った。

「……悪いな」

俺は「そうか」とだけ返事をして窓の外に視線を向ける。

……少しだけ、羨ましいと感じた。

大切な人、そう断言できる人間が、俺にはいるだろうか。

家族、恋人……何があっても守りたいと思える大切な人が、思い浮かばない。

俺は、物心ついたときには一人だった。

両親の顔なんて知らない。村人との交流は形だけで、生きるために食べ物を恵まれに行ったら腐った残飯を投げつけられた。一人で生きていくために、勇者になるために、暗い蔵の中で書物を読みあさって魔法や剣技を磨く毎日だった。

惨めだったとは思わない。俺にとってはそれが普通で日常だったから。

だから、俺は人に期待なんてしたことがない。俺は俺で、それ以外は他人だ。

なのに、いまの俺は――。

「……」

自分の変化に戸惑う。少し前なら考えられないその変化を、肯定的な俺と否定的な俺が混在している。

じんわりと、温かい何かが胸の奥で熱を生んだ。同時に耐えがたい吐き気にも襲われた。

「レイ」

イヴが何かを眼前に差し出してくる。可愛らしいコップだ。俺は透明な水が入ったそれを受け取り、静かに嚥下する。何かが流されたような気がした。

水がなくなったコップをイヴに返し、礼を言う。

「助かった。サンキュ」

「まだ、具合悪い？」

「や、問題ない。風邪がぶり返したわけでもない」

「……そう」

表情を変えず、イヴは胸に手を当ててほうと息を吐く。

「何かあったら、言ってね。レイはすぐ無茶するから」

「そう見えるか？　俺はそんなつもりないんだけどな」

「見える。昔から、ぜんぶ一人で抱えようとする。心配」

「……ラフィネにも言われたな、それ」

ぷくり、イヴは不満げに頬を膨らませて。

「直してとは言わないけど……できるならもっと、頼って欲しい」

俺は数秒口を塞いで、「……考えておく」と返答した。イヴは「じゃあそろそろタイムセールの時間だから」と立ち上がり、買い物袋を持ち直す。

「夕ご飯、期待してて。……あ、それと――」

パタパタと出て行こうとする前に、足を止めて振り返り。

「レティのこと。言っておこうと思って」

「レティ……？」

イヴは「うん。レティのこと」と相槌を打ち、俺と瞳を合わせる。

「一緒の勇者パーティーで過ごしてて分かったことだけど、レティは、レイ以外にあんまり……わがままを言わない」

「……は？」

想像できなかった。

俺の前ではやりたい放題で、強引にパーティー勧誘すらしてくるレティが？

「なにか欲しいものがあっても、レティは買ったりしない。好きなお菓子も食べ物も、必要以上に買わない。最近は、それも少し改善してわがままを言ってくれるようになったけど、レイが来るまでは全然だった」

「……でも、レティは俺とユニウェルシアで会った始めからあんな感じだったぞ」

「だから、エタールの護衛依頼でレティがレイを連れてきたとき、あんなに甘えてるのを見てびっくりしたの。私たちにはそんな姿、見せなかった」

意外すぎる真実を知り、開口した。

「二人とも少し似てたから、腹違いの兄妹とも思った。違ったけど」

「いや……似てないだろ、全然」

「雰囲気は違うけど……口調とかが、少しだけ」

「そうか……？」

俺はあんなアホっぽい話し方してないと思うが。でも確かに言われてみればレティの口調は女の子というよりは男の子って感じで、共通点が若干ある。

「わたしにはレティが、いろいろと無理してるように見える」

「……」

気のせいだ、と笑い飛ばすことはできなかった。ここ数日で何度も、レティに対しての違和感を目の当たりにしていたからだ。

「見ていてあげてほしい。たぶん、レイにしかできないことだと思うから」

イヴは自分の右腕に左手をそっと触れさせて、俺を見上げる。

自分へのやるせなさと、俺への信頼がない交ぜになった視線。

一瞬、狡い考えが頭に浮かぶ。ここで承諾すれば理由ができる。これまで通りの楽で流される選択ができる。

承諾する声が喉まで出かかった。〝暇だから〟、〝仕方なく〟、そう口にして流されようとして、寸前で声が掠れて言葉を飲み込む。

なぜかは分からない。だけど今回、それを選ぶのは何かが違うような気がした。

「……」

だから、俺は答えることをせず、ただ顔を背けた。

◇

夕日が沈みかけた街並みは閑散とし始めていた。

商店が戸を閉める音が響き、夜を照らす街灯が灯り始める。道行く人々は家路へと足を速めて、家屋から食欲をそそる匂いが風に乗って鼻腔まで運ばれてくる。

そんな夜になりかけた街を、俺は一人で歩いていた。

「さむっ……」

吹き抜ける夜風が肌寒く感じて、外套のポケットに手を入れる。暗い空を見上げると、分厚い雲で覆われていて星一つ見えない。少し前まで小雨が降っていたからか、道のくぼみには小さな水溜まりが転々とできていた。

もう一雨降りそうな天気だ。俺は歩調を速める。

目的地は【一般区域】を抜けた先――【復興区域】。

理由は……特にない。強いて言うならば、眠れないので少し散歩をしたくなった。そのついでに、【復興区域】にいるであろうレティの様子でも見てこようと思ったのだ。

入れ違いになる可能性は高いがそれならそれでいい。普通に帰るだけだ。

「うん……？」

足を進めて少し、道端で開いていた露店に目がとまった。

地べたに敷物を敷いて、その上に何やら怪しげな小瓶を並べて販売している。傘すら立てておらず野ざらしで、商品はびしょびしょに濡れていた。

店主の女性は座り込んで膝を抱えた体勢。死んでいると思うほど微動だにしない。

ひじょーに見覚えのある見た目。カアスだった。

「い、いらっしゃ………あれ、じーじ？」

カアスはのっそり顔を上げ、俺だと分かると安心したように顔を弛緩させる。「こんな時間にどうしたの？」と首をかしげた。聞きたいのはこっちだ。

「……お前、何してんの？」

「えっと、ポーション売ってるの。……あ、買う？　これとかおすすめだよ」

安くするよお、と小瓶を一つ手に持ち、俺に渡してくる。

「ふーん……これ何のポーションだ？　すごい毒々しい見た目だけど」

「それはそうだよー。だって毒だもん。飲んだら少し痺れて動けなくなるけど、ピリッとしてるから料理の隠し味として使えるとおも――ああっ!?」

俺は小瓶を地面に叩きつけた。なんてもん売ってんだてめえ。

カアスは「せっかく作ったのに……」と涙目になっている。こいつは自分がテロ行為をしていたことに気付いているのだろうか。

「全部撤去だ。撤去撤去！」

「え、えぇー。まだ一つも売れてない……」

「毒ポーションを調味料として売るな。テロだぞお前」

「致死性の毒じゃないから大丈夫かなって……癖になる味で食卓に合うのに……」

不満げなカアス。割と本気で駄目なことだと理解していなさそうだった。

変な奴（やつ）だとは思っていたがやはり変な奴だ。こんな時間に露店で販売しているのもそうだし、そもそもなんでポーションなんか売ってたんだ。

諦めたくないのか小瓶を守るように腕で抱き始めたカアスから小瓶を強奪し、全部廃棄処分にしようと両腕を天高く振り上げる。

すると、小瓶の底に何かが書いてあるのが目に入った。

「【J&G商会】のマーク……？」

特徴的な刻印。

ポーション販売の大手であるJ&G商会の商品であることを示す刻印だ。

魔法文字で刻まれたマークは偽証不可能。使用済みの小瓶に中身を入れて販売するのは当然ながら犯罪である。

「まさかお前、犯罪に手を染めて――！」

「ち、ちちちちがうよお！　わ、私ここで働いてるだけだからっ！」

通信魔法で通報しようとした手を止める。なんだ違うのか。

カアスは「ほ、ほらこれ」と懐から手帳を取り出して見せてくる。そこには確かに、商会に所属うんぬんと記載された名刺が入っていた。

「……え、お前って魔法薬調合師（ポーション）だったのか？」

「そうだよお。すごい？」

カアスはふふーんと胸を張る。

「すごいっつーか、お前が組織に所属できているのが驚きというか」

おどおどしてて人との会話とかできなさそうだと思っていたんだけど、組織の一員として働いているのか。とても意外である。勇者としても忙しいだろうに……。

「魔法薬調合師（ポーション）って難しいのによくなれたな。やるじゃん」

少しだけ見直すと、カアスは気まずそうに顔を背けて。

「う、うん。ま、まだ見習いだけどね」

「それでも大したもんだ。仕事とかどんな感じなんだ？」

少し気になって聞いてみると、カアスは無の顔で固まる。

「……別に？　ふつうだけど。回復薬作ってもほぼ毒薬になるから怒られて解雇されそうだし誰とも話せないから陰でひそひそ言われてるけどべつに気にしてないし帰り道で泣いたりとかしてないし私みたいなどんくさい頭わるいゴミは言われて当然だし死にたくなんかならないし――ふへっ、ふへへへ」

「わ、悪かった。俺が悪かったから」

壊れて笑い出したカアスをなだめる。トラウマを刺激してしまったようだ。社会に適合するのって難しいもんな。ごめんって。

「じゃあこのポーションもお前が作ったんだな。すごいすごいマジですごい」

「そ、そうかなあ……?」

ふへ、機嫌を直すカアス。ちょろい。

「知り合いにポーション作ってるヤツいるけど、結構難しいっていうもんな」

クソマズポーションを送りつけてくるアイツを思い浮かべる。いま何しているのかはさっぱり分からないが、回復用ポーションをがぶ飲みして10徹くらいする変態だったからきっとまだ作っているのだろう。

嫌な思い出を思い返す。カアスは露店の店仕舞いをしつつ、こう聞いてきた。

「ポーションといえば……じーじは〝霊魂酒〟って知ってる?」

「霊魂酒?　ああ、というかこの前依頼で、材料の霊草を取ってきたぞ」

「あ、そうなんだあ。じゃあ知ってたらでいいんだけど、霊病の患者さんに心当たりってある?」

「まあ……あるけど。それがなんだ？」

少し前、採った霊草を押し付けたおっさんから、礼を言いたいからとギルド経由で連絡が来たが断った。素性は言ってないんだが、俺が黒髪だからバレたようだ。聞くに霊病を煩っていた子供は順調に快復していってるらしい。

「えっとね……実際に会って病状とか見てみたいなって」

「なんでだよ？　治癒師でもないのに必要ないだろ」

「うん……そうなんだけどぉ……」

カアスは口をもごもごさせて言いづらそうにし、やがて「内緒だよお」と耳打ちしてきて。

「……霊病が、呪いかもーって言われてるのは知ってる？」

「呪い？　あぁ、まあ──」

「し、しっー！　だ、誰が聞いてるか分からないから静かにっ」

口を両手で押さえられる。焦ったように周りをキョロキョロと見渡すカアス。

確かに、霊病はその病状が呪いに似ていることから、呪いの一種なのではと言われている。だが確証には至っていない。

発症事例がリヴルヒイロ国内で年に数件程度、他国を合わせても年五十件程度と少ないため、長年調査されず放置されている……が、調査されない理由は他にもあって、単純に呪いの術者を探すのが難しいのと、もし呪いであれば不可解な点がいくつもあるからだ。

「霊病ってかなり前からあるよな？　特定の個人じゃなくて不特定多数の人間に呪いなんてかける意味あるか？」

「な、何か大きな陰謀があって、とか。呪いの種類によるけど、相手の体内魔力(オド)とか生命力を吸いとることもできるから……それを使って何かしたりとか」

通常、呪いは特定の人物へ狙って行う。媒介に対象の身体(からだ)の一部を使用することで呪いは効果を増す。媒介なしで不特定多数に行っても並の術者ならせいぜい軽い風邪程度にしかならない。

霊病は死に至る病。もし呪いであれば、相当呪術に長(た)けた術者でなければ不可能だ。

それこそ……【呪】の勇者、とか。

目の前のカアスを見る。まあ、こいつはするわけないか。

先代の勇者にも【呪】の勇者はいた。だがすでに亡くなっている。

となるとやはりその線はあまり考えられない。カアスの勘違いだろう。

念のため、聞いていたおっさんの連絡先を教えておいた。

その後、露店を片付けたのを見届けたあと（かなり渋っていた）、カアスと別れる。

「……霊病、ねぇ」

ふと、ルーカスの弟――ヘンリーのことが思い浮かぶ。

あの少年も霊病で命を落とした。最期まで病に抗い、誇りを捨てずに闘い続けた。

だけどもしそれが呪い……人為的に起こされたものだったとしたら。

霊病の患者は子供が多い。もしそうなら、非道で倫理に反している。

「……」

淡々と足を進ませる。

しばらくすると【一般区域】を抜けて【復興区域】に繋がる門に到着した。

手続きをしようと一歩踏み出して、すぐに立ち止まる。

「……やっぱり、帰るか」

レティの様子を見ようと思ったが、一つ調べたいことができた。何かがあと少しで繋がりそうな予感がする。

Uターンし、身を翻した——そのときだった。

「——！」

こちらに急接近する気配。

すぐに魔法で襲来者の位置を特定し、自分の周囲に魔力の糸を張り巡らせる。

北西の方角。凄まじい速度で滑空してきている。警告のためにわざと俺の魔力を触れさせたのに、止まる気配もない。

滞空魔法を軽々と行使できる実力者。だが俺の懐に潜り込もうとすれば、魔力の糸で一瞬で拘束されるように魔法を組んだ。これでどんなに相手が速かろうと問題ない。

殺意も敵意も感じないが念のためだ。俺は万全の態勢で身構えるが――

はたとあることに気付いて、頭をひねった。

……ちょっと待てよ。この魔力、どこか見覚えがある。

行使した魔法を解く。同時にその人物が上空から俺の前に姿を現した。

「ジレイッ！っはぁ……はあ……」

「――アルディ？」

見た目だけは可愛(かわい)らしい猫精霊(ケット・シー)――アルディだ。地面に着地するなりアルディはぜえぜえと息を切らしたまま、野太い声を吐き出す。

「なんだよお前。全然見なかったけど何してたんだ？　魔導機関の議会？　とか言ってたけど――」

「んなことどうでもいい！　それよりっ！」

「はあ？　てか放せよ、暑苦しい」

両肩を摑(つか)まれて、苦言を呈する。だが、アルディは無視し大きく息を吸って。

「このままだと、このままだと――」

緊迫した表情で、こう叫んだ。

「レティノア嬢が、殺されちまう……！」

◇

アルディに「ついてきてくれ」と連れられて来た場所は【復興区域】の住宅群だった。

「どういうことだよ。事情を……」

「事情はこのあとに話す。ジレイにはまず、レティノア嬢を見て貰(もら)いたい」

「はあ……？」

理解できず首をかしげる。レティなんて毎日顔を合わせている。そんなことして何の意味が——

「出てきたぞ」

アルディの示した方を見ると、灯(あか)りのついた家屋から桃色髪の少女が出てきた。

頭を下げて感謝している老婆は依頼人だろうか。

硬貨らしきものが入った袋を差し出されて、レティは首を振り拒否している。元気に手を振ってぱたぱた走り去るレティに、依頼人が何度も頭を下げていた。

「……」

俺たちは無言であとを追った。

レティは足を止めることなく東奔西走していた。

依頼の品であろうものを渡したり、足が不自由な人のペットの散歩代行をしたりと、色々な人の依頼をこなして勇者として感謝されていた。

時刻はもう遅い。日は完全に沈んでいる。それなのにレティは帰ろうとせず、また足をせわしなく動かして移動を始める。

【復興区域】の外れ。レティが民家をノックして、住民がのっそりと顔を出す。

獣人の男だ。痩せこけた頬と身体。全身の毛は艶がなく色あせている。

過去の怪我だろう。片目は潰れていて右手首から先がない。左手には栓が開けられた酒瓶を持ち、多量の酒を飲んでいるのか顔が赤く酩酊している。

レティは腰に提げた袋からなにかを取り出して、笑顔で手渡そうとする。

だが――男は急に顔を歪ませて、大きな声で怒鳴り散らした。

「――勇者が！　何の用で来やがった！」

レティの頭に酒瓶が叩きつけられた。瓶が割れて破片が地面に錯乱する。

俺の肩をアルディが摑んで止めた。「頼む。いまだけは我慢してくれ」と苦渋の顔をしている。

男が叫んだ。

「お前ら勇者のせいでッ二人とも死んだんだ！　今さらなんのつもりだ⁉　えぇ⁉」

「他の人から依頼で、これを届けてって――」

「不快な顔見せやがって……！　お前ら勇者は来て欲しくないときには来るんだな！」

「わ、私は――」

男はレティの肩を摑み、強く揺さぶる。

「なんであのとき来てくれなかった！　どうして〝悪魔〟から俺たちを助けず見殺しにした！　勇者が近くにいたってことは知ってんだよ！　おかげさまで俺以外は死んだよクソが！」

レティの肩に鋭い爪が食い込む。それは男の心情を如実に語っていた。

「お前らが、お前ら勇者が来てくれれば――」

レティが突き飛ばされる。男は膝から崩れ落ちて、両の手で顔を掻きむしる。

「息子も女房も、助かったはずなんだ……」

◇

街は夜の闇に包まれていた。

道を照らす街灯は壊れたままで役目を放棄している。家々は沈黙し、雲の隙間から覗く僅かな星の光が朧気に視界を照らしていた。

前方を歩くレティの顔は窺えない。輪郭は分かるものの暗い闇が表情を覆い隠している。

ぽつ、ぽつ、と雨が地面を叩き始めた。

小雨は瞬く間に豪雨と化して、辺りに容赦なく降り注ぐ。ものの数秒で着ていた服がずぶ濡れになった。

靴の中まで浸食した雨が不快に感じて、俺は顔をしかめる。

雨に打たれたままアルディが口を開いた。

「あの男は数年前、ここを壊滅させた〝悪魔〟の被災者だ。家族を失って、それからはずっと死んだように日々を過ごしているらしい」

「……だからって、なんでレティが八つ当たりされなきゃいけねえんだよ」

「悪魔が街を襲ったとき、近くにいた勇者は来なかった。あと一歩間に合わなかったって言われてるが実際は分からない。被災者の一部は見捨てられたって判断したんだろ」

「それでも、勇者を恨むのは筋違いだ」

「違いねえ。被災者の全員が勇者を恨んでるわけじゃない。……でもよ、大切な人を失って『災害だからしょうがない』って思える方が少ねえだろ。当人からしたら何かのせいにした方が納得できるんだよ」

俺はレティに視線を向けた。俯いて雨でずぶ濡れになりながら足を動かしている。

やがて【復興区域】の門を抜けて【一般区域】の街道へ着いた。辺りを街灯が明るく照らし、闇に覆われていたレティの輪郭を映し出す。

「ッッ――!」

レティは、いまにも泣きそうな表情を浮かべていた。

唇をぎゅっと引き結んで瞳を震わせている。腕でごしごしと何度も顔をこすり、何かを拭き取ろうとしている。

激しい雨が頬を伝って、地面にぽとりと滴った。

ぱちん! と乾いた音が鳴り響く。

レティは顔を上げた。両頬は少し赤みを帯びている。

「なんで、あいつ……」

笑みだ。レティは笑顔を浮かべていた。無理矢理に両手で口角を持ち上げて、目尻を下げている。いつもレティが見せていた表情だ。

強烈な違和感が胸中を巡る。……なんだ、これは?

レティはそのまま、泊まっている宿屋の方向へ足を進ませる。時刻は零時過ぎ。新しく依頼に向かう様子もない。やっと帰るのだろう。

◇

「ジレイ。これを見てどう思った？」

レティが去って、アルディが重苦しい声を出す。

「……異常だ。俺が知ってるレティじゃない」

「違う。それはジレイが見てなかっただけだ。レティノア嬢はこうやって夜遅くまで毎日依頼をこなして、勇者として活動してる」

「ブラックかよ。俺はごめんだな」

「そうだよな？　いくら勇者が忙しいからってこれはおかしい。どうしてここまでするのかって思わなかったか？」

思ったさ。でも、レティが好きでやってることだろ？

そんな台詞が出かかって飲み込む。さっきのレティの表情を見て、ただそれだけと言い切ることは俺にはできなかった。

「分かったんだ。その秘密が」

「秘密――」

「三日前、議会で聞いた話だ。情報としては間違いない」

アルディは「止められてるが話す。俺はどうなっても構わねえ」と続ける。

「でも、一つだけ約束してくれ」

「……なんだよ」

「レティノア嬢は知られたくないと思うんだ。……だから、これを知っても知らない素振りをして欲しい。聞いていない態度で接してくれ」

――ししょーにだけは、言えないんだ。

明確に拒絶したときのレティが頭の中に思い浮かぶ。

「……分かった」

首肯するとアルディは「助かる」と言って話し始める。

「数年前――ある学者が、倫理に反した人体実験をした罪で捕まった。知ってるか？」

つい昨日聞いた話だ。大犯罪者でレティの父親。

「男の名前はレドニス・テリコス。その実験内容は――【勇者を創り出すこと】」

「……？　勇者を創るって、【聖印】が発現しなきゃなれないだろ」

「普通はな。だが、レドニスは天才的な頭脳と発想で実現させた。人の肉で作った素体に【勇者因子】を植え込んで、かつ魔力が高い精霊のマナ素体を融合させることで、勇者としての〝器〟を作った」

「な――」

驚愕(きょうがく)で目を見開く。

【勇者因子】――聞いたことがある。勇者はその身体(からだ)に聖印を宿す。聖印は次の代へ移り変わるときか勇者の死後、自然と消えていく。

だがそれを、聖印が消える前に勇者の身体から切り取ることで、聖印は力を失った状態で切り取った皮膚に残り続ける。それが【勇者因子】と呼ばれている。

歴代勇者の【勇者因子】をサンプリングして保管している機関があったらしいが、倫理に反するとしてすぐ取り壊されたという。だから【勇者因子】は広く知られていない。

俺も詳しいことはほとんど知らない、知っているのは噂程度の話だけだ。

「使われた【勇者因子】は【破壊】の勇者――〝ノア〟」

それは――歴代勇者の中で〝最強〟と謳われた、前代未聞の複数【聖剣】を所持できた――六つの【聖印】を発現させた勇者の名前。

「おい、ノアって……まさか」

かち、かちと頭の中でピースが埋まり始める。

導き出された答えは、信じがたい非情な真実だった。

「レティ〝ノア〟嬢はその実験の、唯一の生き残りなんだ」

◇

アルディと別れて宿屋に戻り、イヴが用意してくれていた夕食を摂る。

いや、夕食というよりは夜食か。トレイの上に書き置きがあり、その内容を見るにイヴは一足早く寝たようだ。ラフィネの部屋も消灯していてすでに床についたのが分かる。

一階にある流しへ食器を戻すため、階段を下りる。

ちらとレティが借りている部屋に視線を向けると、まだ電気がついていた。

物音はしない。食事前、軽くノックをしたが反応はなかった。息遣いの音も聞こえず、念のため確認してみたら部屋の中にもいない。

「……どこ行ってんだ、あいつは」

食事済みのトレイが置いてあったことから、一度戻ってからまたどこかに行ったみたいだが、こんな時間に出歩くのは不用心といえる。全裸の変態と遭遇したらどうすんだ。

用事を済ませて自室に戻り、倒れるように身体をベッドに投げる。

ぼうっと、何気なく天井を見上げた。隅にある小さなシミがやけに目にとまって、胸の中がざわめきたてる。

『――魔導機関と勇者教会はレティノア嬢の〝処分〟を決定した。これまで要観察対象で様子見だったのが、今回の議会で処分が過半数に達したんだ』

『だから殺す……っのかよ。おかしいだろ、そんなの』

『レティノア嬢の【攻】は植え付けられたものだ。勇者ノアの聖印はどれも強力で、適合しない肉体と精神じゃ耐えられない。身体が弾（はじ）けて死ぬだけならまだいい。最悪の場合、精神が狂って一般人に危害を及ぼす可能性がある』

『それが！　勝手に殺されていい理由にはならねえだろうが！』

『分かってる！　オレだって今回初めて知らされて、ふざけんじゃねえって抗議した！　それで、ようやく条件付きで処分を引き延ばしにさせたんだよ！』

アルディは苦虫を嚙み潰したような顔でそう叫んでいた。

『……そもそもだ。勇者への命令に強制力なんてないはずだ』

『あぁ。勇者は【聖印】が発現すれば誰でもなれる。どの機関にも命令権はない。今回は特例だ。レティノア嬢は正式には勇者じゃなく、教会の所有物になってる』

『所有……物？』

『〝人の形をした道具〟。肉体も思想も【勇者因子】に適合するために作られた偽物。人によく似ているが人ではない。それが教会の見解だ』

『ッ……』

『四年前、レティノア嬢は本来なら処分されるはずだったらしい。それを【運】の勇者――ノーマンの推薦と本人の意思で、勇者として活動することが認められた』

『……あいつは、あいつだ。物なんかじゃない』

『オレだってそう思ってるから、こうして機密事項をべらべら喋ってる。この条件は、ジレイにしか頼めねえことだからだ』

『…………条件ってのは何だ』

俺はそこで思考を中断させて、窓の外に顔を向けた。すぐに外からスタ、スタ……地面を踏む音と何者かの気配を感じる。

続けて階段が軋(きし)む音。やがて奥側の一室で止まり、ぱたんと扉が閉まる音がした。

俺はベッドから身体を起こして、廊下へと踏み出した。

◇

「おー？　だれだ？」

「俺だ。入っていいか」

「ししょー？　いいぞー」

ノックのあと、入室を許可されたのでそのまま中に入る。

桃色髪の少女――レティはベッドに入って、布団からちょこんと顔を出して不思議そうな顔でこちらを見ていた。「どうしたんだ？」と首をかしげている。

俺はできるだけいつも通りの声を出す。

「暇だったから来ただけだ。寝るとこだったか？」

「いまおきたとこ！」

「嘘(うそ)つけ。思いっきり寝ようとしてる態勢じゃねえか」

がばっ！　とベッドから立ち上がろうとしたので、「そのままでいい」と手で制す。

俺もベッドに腰掛けて、壁の方へ顔を向けた。

頭に思い浮かぶのはアルディの言葉だ。

『魔導機関からの条件は、〝今後一切勇者の力を使わせないこと〟。つまり、勇者としての活動を諦めさせて、一般人として平穏に生きさせてくれればいい』

『それが、なんで俺にしか頼めねえってんだよ』

『ジレイに憧れて勇者を選んだんだぜ。俺なんかよりずっと適任だろ』

――それは……あなたとパーティーを組むことが、わたしの目標だからだ。

最初に出会った頃、真っ直ぐな瞳でレティはそう言っていた。

『だから頼む！　レティノア嬢に勇者を諦めさせてくれ……！』

俺は壁から視線を外し、レティを見る。

「お前は……さ」

レティは子供らしい表情をしている。目を合わせて俺は聞いた。

「どうして、勇者をしているんだ？」

レティはきょとんとしていた。だがすぐにむんっと胸を張って答えて。

「ししょーみたいになりたいからだ！」

「どうしてだよ。俺はお前が憧れるようなことしてないぞ」

「そんなことないぞ！　『壺に入れられた蟻同士は争わない。だが壺を割った途端、互いを敵と認識し殺し合う。……本当の敵は目の前の蟻じゃないと知らずに』」

「分かった。それはいい、いいから」

過去からのボディーブローに悶える。ほんと、いらんことを覚えてやがる。

俺は息を整えたあと、言葉を吐き出す。

「勇者を辞めたいって思ったことはないのか？　俺ならブラックすぎて嫌だけどな」

レティは少しだけ考え込んで。

「ないぞ！」

そう、きっぱりと断言して笑顔を浮かべた。

「…………どうして、お前は」

「む？　なんて言ったんだ？」

「……何も言ってねえ」

思わず顔を背けてしまう。レティの笑顔が直視できなかった。

……なぁ、どうしてだ？

なんでお前は、笑えるんだ？

『【攻】の聖印は完全には適合してねえ。聖印の力を使う度に肉体と精神が摩耗される。二年だ。たった二年、勇者として活動しただけで、レティノア嬢はあと——』

歯軋り（はぎし）の音が俺の口から鳴った。無機質なアルディの言葉が頭を反芻（はんすう）する。

『――五年も、生きられない』

背けた顔をレティの方に戻す。レティは変わらずアホみたいな顔だ。

教会からは聞かされているはずだ。なのになんで……お前は脳天気に笑える？

俺は歯を噛みしめて、逡巡（しゅんじゅん）して、やっと口を開いた。

「……レティ、俺をパーティーに入れたいか？」

「入って欲しい！」

「そうか、なら入ってやるよ」

レティは少しの間、ぼけっと口を開けていた。理解して顔を輝かせて。

「ほんとか!?」

「……ああ」

やったー！　両手をあげて喜ぶレティ。

「だから、もう、お前は何もしなくていい。勇者も辞めろ」

「……？」

「勇者じゃなくて冒険者としてパーティーを組むんだ。魔物も魔王も、俺が倒してやる。

お前は戦わないでいい。だから――」

「だめだ！」

レティは首を振った。

「それじゃだめだ」

「…………何でだ？　いいだろ、お前は楽できるんだから」

「勇者じゃなきゃだめだ。勇者としてわたしも戦う」

「はあ？　なら入らないぞ。いいのかよ」

「パーティーには入ってほしい！　入ろう！」

「だから入らないって。お前が勇者を辞めたらの話で——」

いつだかに見たような言い争いが始まる。

レティは諦める様子もなく、強情に主張を通そうとしてくる。一歩も引くことすらしない。

前もそうだった。こいつはしつこくて頑固でアホだった。

だから結局、結果は前と同じで。

押し問答の末、先に引いたのは俺で……。

翌日の早朝。

俺はノーマンに、依頼に参加すると伝えた。

三章 試練の谷

瞬く間に日数が経過し、依頼当日を迎えた。

「段取りの再確認を行います。転移陣から上層まで転移したのち、五人固まって最下層まで移動します。前衛をレティノアさんとルーカスさん。後衛を私とカアスさんで担当します。何かご質問は？」

「御託はいい。さっさと行くぞ」

「わ、私、魔物とか倒せないよ……？」

「いや俺は？　俺だけ役割ないんだが」

ノーマンは三者三様の反応を見せる勇者たちを見回して頷き、俺を見て「……では何かあったときの補助をお願いします」と告げる。

釈然としない気持ちのまま、俺は前方に顔を巡らせた。

穴だ。底が見えない奈落がある。

その全長は呆れるほど深く、穴の底を覗き込めばどこまでも闇が広がっている。

穴の縁は足場が脆くなっていて、少し踏んだだけでパラパラと土塊が奈落に落ちていった。一歩足を踏み外せばそのまま真っ逆さまだ。

耳を澄ませば微かに聞こえる呻き声。無数の声が怨嗟となって底から響いている。穴から湧き出る淀んだマナが、周囲一帯の空気を濁らせていた。

これがこれから足を踏み入れる迷宮――【試練の谷】。

だが、今回はこの穴から入るわけではない。近くの地面に描かれているのは《転移》の魔方陣。上層の浅い層まで繋がっていて、これを使えば安全に中に入れるという。

以前来たときと比べて随分便利になったもんだ。俺が前に挑戦したときはこの穴からダイブして空気抵抗をもろに喰らいながら三点着地してたからな。普通はロープとか使って慎重に降りるみたいだが面倒で飛び降りてた。よく死ななかったな俺。

「そうそう、皆様にこれをお渡ししておきます」

「……なんだこれ？」

渡されたのはロウソクの蠟で固めたような白い腕輪。

「周囲の魔力濃度に応じて色が変化する魔導具です。【試練の谷】の階層は十一段階。最深部に向かうにつれて白から灰色、黒色へと変化します。万が一はぐれてしまった際は色の変化を指標にして、地上へ帰還されるといいかと」

「なるほどな、そりゃ便利だ」

迷宮は自分の現在地を見失うことが多い。迷路のような形状は上がっているか下がっているか分からなくなるため、対策として道標を置いたり魔力の印をつけたりする。場所によっては地形を熟知した【案内人】がいて、冒険者を導くことで生計を立てていたりする。

言われた通り腕輪をつける。そしてちらと、そばに置かれている物体を見た。

黒色の棺。

成人男性が入るほどの大きさの棺が、手押し車の上に置かれている。

「……この中に、罪人――レドニスが入ってるんだよな？」

「はい。薬で眠らせているので、強制的に起こさない限り目を覚ますことはありません」

棺は太い鎖で何重にも縛られている。これなら万が一もないだろうが、中に悪魔でも封印してるのかってくらい厳重だ。

息できるのかこれ？　と俺が思っていると。

「――若！　あれは一体どういうことですか!?」

そんな低い声が聞こえてきて、声の方向へ振り返った。

「……顔を見せるなと言ったはずだ」

「納得できるわけないでしょう！　急に『パーティーを解散する。騎士団も退任した。二度と俺に顔を見せるな』と言われて素直に引き下がれませんよ！」

狼獣人――ウィズダムは現れるなり声を荒らげて抗議する。ルーカスはどこまでも冷徹な瞳で見据えている。

「パーティー解散したのか？　わざわざなんで……」

聞くと、ルーカスは鼻を鳴らして、剣呑な目でウィズダムを睨む。

「お前たちは【攻】のパーティー相手に無様に敗北した。弱者はいらん」

「っ……ですが！　騎士団も退任する必要は——」

「黙れ。決めたことだ。これ以上、無駄話をするつもりはない」

ルーカスは聖剣の鞘に指をかけた。ウィズダムが息を呑む。

かつての仲間への明確な敵意。身に纏う剣気はハッタリではない。これ以上手を煩わせるようなら問答無用で攻撃すると語っていた。

固まって立ちすくんだウィズダムに顔を向けて、ノーマンが確認する。

「そろそろ【試練】を開始しますが……よろしいですか？」

「ああ。問題ない」

ウィズダムに目もくれず魔方陣の方へと向かう。俺たちもそれに続いてあとを追った。

横暴な奴とは思っていたが、ここまでとは思わなかった。

一切の情もない。あまりにも冷たすぎる。本当に人間かよ。

……まあ、俺も人のこと言えないか。

魔方陣の上を勇者四人と俺が踏みつけた。

幾何学模様の魔方陣が微かに光り輝き、青白い粒子が周囲を取り囲み始める。

「三分後に転移します。心の準備をお済ませください」

始まる――勇者の【試練】が。

自分でも驚くほど冷静だった。

かつてないほど神経が研ぎ澄まされている。たとえ千を超える敵に襲撃されようとも数秒で返り討ちにできるだろう。

「……」

無言で、隣にいたレティに顔を向ける。右手をそっと差し出して。

「レティ、ほら」

「む？」

「手だよ、手。怖いだろうから手、繋いでやるって言ってんだ」

「別に怖くないぞ？」

「いいから、ほら」

無理矢理に手を繋ぐ。レティはきょとんと首をかしげる。

だがすぐに嬉しそうな顔を浮かべて、にへーと笑った。

「わ、私も」

「お前はダメだ」

「な、なんでぇ……？」

絶望した顔のカアス。その辺の木の棒でも握ってろ。

レティがぱっと笑って俺を見上げる。

「頑張るぞ！」

「……ああ。ほどほどに頑張るか」

繋いだ手を強めた。子供特有の柔らかな感触と温かい体温が伝わってくる。

――大丈夫だ。お前は頑張らなくていい。

レティに力を使わせるつもりはない。俺が全てなぎ倒す。少しだって使わせない。

色々な感情が胸中に渦巻く。気を抜けば相反した行動を取っている自分に吐き気がしそうになる。将来的に害になる行動だと分かっていても、俺はそれを全て押し潰してこの場に立つことを選んだ。

その理由はまだ理解していない。だが、なぜかこれが終われば分かるような気がした。

「ししょー！」

「ん？」

「頭なでてほしい！」

「頭ぁ？……これでいいか？」

そっと、繋いでいない方の手でレティの頭に触れる。桃色の髪の毛をわしゃわしゃと乱暴に、少しだけ優しげに撫でる。

レティは気持ちよさそうに目を細めて、ゴロゴロと喉を鳴らしていた。まるで首筋を撫でられた猫のようだ。かわいい。

「ありがとう！」

にぱっ、花の咲いたような満面の笑み。

「……こんなんでよければ、いくらでもしてやるよ」

そうこうしている内に、魔方陣の青白い光が強くなっていく。

転移まで数秒。俺は繋いだ手をぎゅっと握る。

「では皆様——ご武運を」

ノーマンの声。それと同時——

悪寒が、全身を走った。

違和感の先は足下。転移陣の術式が寸前で書き換えられている。

繋いだ手を引っ張ろうとする。外、とにかく転移陣の外に——

だが——俺の手が、急にふっと軽くなった。

「な——」

レティが、手を離していた。

なぜ？　どうして……そう問いかける間もなくレティは数歩、俺から遠ざかる。

「レティ——！」

手を伸ばす。伸ばした手はわずかに届かず、宙を切った。

視界が。

白で、染まる。

◇

視界が明瞭になっていく。最初に見えたのは岩壁。

薄暗い空間、湿った淀んだ空気、間違いない、迷宮（ダンジョン）の中だ。

見える景色には誰もいない。レティも他の勇者も。

腕に着けた腕輪を確認する。色は——少し濁った白色。

「《通信》」

すぐに通信魔法で連絡を取ろうとする。しかし、誰も出ない。

同じ階層、もしくは近くの階層であれば繋がるはず。それなのに出ないということは——他の階層に飛ばされているか、意図的に遮断しているか。

嫌な予感が頭を過（よぎ）る。書き換えられた転移陣。感じた魔力はすぐ近くからだった。外部の仕業じゃない、あの場にいた誰かが、悪意を持って引き起こした。

かつ、かつ、と靴音がどこからか反響した。

真右、ぽっかりと開いた横穴から、何者かが近づいて来ている。

暗闇の中から姿を現し、輪郭が露わになる。

老人と見紛う白い髪。目隠しをした異様な相貌。

その男……いや少年は、勇者教会の神父を示す――黒色の祭服を着用していた。

「異常事態が発生しました。――と、いうよりは発生させたのですが」

ノーマンは口の端を吊り上げて、不気味に笑う。

◇

「……お前が、転移陣を書き換えたのか」

「ご明察の通り。理由を説明した方がよろしいですか？」

「当たり前だ。返答次第で……どうなるか分かるな？」

右拳を握り込んだ。近くの岩壁が音をたてて抉り取られ、一瞬で石ころに圧縮される。

「……ほう。やはり、ただのＤ級冒険者ではないですね」

「早くしろ。時間がない」

額に脂汗が垂れる。嫌な悪寒は増していっている。悠長に聞いている暇はない。

「いいでしょう。貴方には知る権利がある」

祭服の裾を手で整えて、付着した土を払う。ノーマンは話し始めた。

「この依頼には本来、別の目的がありました。表向きは大罪人の護送。ですが本当は、もう一人の大罪人――【盗】の勇者セフト・クルックを炙り出すこと」

【盗】の勇者セフト・クルック。先代に存在した勇者の一人。

「……そいつは先代で死んだはずだ」

「生きています。聖印の力を持ちながら、ね」

「なんだと……!?」

思わず息を呑む。なんだそれは。

聖印は一代で力を失う。失わずに引き継ぐなんて聞いたことがない。

「ですからそのために……」

当たり前のように呟いたその言葉で、俺は凍りついた。

「レティノアさんには、犠牲になって貰います」

◇

「――ちゃん。――ノアちゃん、起きて……！」

「う……？」

ゆさゆさと揺らされる感覚と共に、レティノアの意識が覚醒した。

「良かった……起きた……」

安堵の息を吐いたのは黒い長髪の女性だ。【呪】の勇者――カアスはおどおどと周りを見回し、近くで鳴った小さな物音に「ひゃああっ」と身体を跳ねさせる。

「黙れ。静かにしろ」

「でも……魔物がいるかも……」

「近くに魔物はいない。いいから口を塞げ。息もするな」

「そ、それだと死んじゃう……」

なら死ねばいい、と赤髪の男――ルーカスは不快そうに舌打ちをする。

レティノアはまだくらくらする頭を動かして現状を思い返す。

そうだ、自分はある依頼の最中だった。

どうやら転移の〝不具合〟で気を失っていたようだ。顔を上げて周りに目を向けるとルーカスとカアス、二人の勇者の姿。尊敬しているあの人はいない。

それは、事前に聞かされていた内容通りの状況。

「【攻】――始めるぞ」

「分かった」

こくんと頷いて、レティノアは聖剣を顕現させる。ルーカスも自身の聖剣を右手に持ち、標的を見据えた。

「え、え、なに、なに？　どうしたの……？」

聖剣を向けられたカアスは混乱して手をわたわた振る。状況が理解できていない。

「お前の中に【盗】が潜伏している。姿を現せ」

「な、なんのこと!?　【盗】ってだれ……」

「芝居はいい。餌は用意した、さっさと出てこい」

ルーカスは地面に転がっていた黒い棺を顎で指し示す。

「そんなこと……言われても……」

カアスは俯いて両手で顔を覆った。ふるふると怯え身体を震わせている。

顔を上げて、一転。

「これで、満足かよ？」

嗜虐的な、悪魔のように歪んだ笑み。普段のカアスからは考えられない表情。

構えた聖剣の柄を握り込んだ。レティノアは瞳を鋭くさせ、小さく歯を噛みしめる。

——同じだ。あのときの男と、同じ。

「あーあ、バレちまったか。まあいいけどよ、どうせまた乗り換えるつもりだったしな。

……つかこの女、勇者のくせに弱すぎんだろ。おかげで予定が大幅に狂っちまった」

クソが。そう唾を吐き捨てるカアス。いや、もはやカアスではない誰か。

表情、仕草、言動……それらが全て、レティノアの過去の記憶と一致した。

確信する。目の前の人物は——姉を殺した男だ。

「お前を拘束する。教会は【盗】の力に興味を持っているらしい。思念を取り出して死刑囚の身体に入れるそうだ。永遠の拷問が待っている。喜ぶがいい」

「へ？　ちょ、ちょっと待ってくれよ。俺は平和主義者なんだ。暴力はよくねえって！　なぁ見逃してくれ。頼むよ、俺が何をしたってんだ！」

みっともなく懇願する。その自分勝手な振る舞いにレティノアの握りしめた聖剣が怒りで震える。

「【攻】、任務を遂行する」

「ああ。私が引きつけて——」

「ひ、ひぃーっ、助けてくれーっ！」

不様に逃げ出そうとするカアスの顔をした人物。

聖剣を握り直す。その背中へ着実に、確かな足取りで近づいていく。

一歩、二歩、三歩……。

次の一歩、一瞬で攻勢に踏み出すべく、足に力を籠めて。

ガッ。

鈍い音が鳴った。

「え……」

気付けば、眼前に地面が広がっていた。

右頬に感じる硬い地べたの感触。ズキズキと響く猛烈な後頭部の鈍痛。

混乱する思考でレティノアは気付いた。自分が、うつ伏せに倒れている。

身体を起こそうとして失敗する。全身に力が入らない。自分の身体ではないと錯覚するほど、身体が鈍く重たくなっている。

倒れ伏したまま、かろうじて動く首を僅かに動かして、背後を見た。

「――って感じでいいんだっけ？　俺の演技クソ上手くね？　どうよ？」

「どうだっていい。さっさと終わらせるぞ」

冷たくあしらうルーカス。カアスは「ちぇっ、つまんねー奴」と口を尖らせている。

ルーカスの右手。聖剣の柄にべっとりと付着した、赤黒い血。

ふと、じんわりと温かい何かを感じた。

真っ赤な液体。自分の周囲の地面を、赤い血が包み込もうと浸食している。

「なんで……」

レティノアを殴打した聖剣を鞘に納刀する。ルーカスは冷めた瞳で一瞥した後、聖剣の切っ先を地面に突き立てた。

魔力の粒子が巻き起こり、一瞬で地面に赤色の魔方陣が描かれる。

その形は、数分前に見たものと全く同じ――《転移》の魔方陣。

「《転移》」

赤光が場を包み込む。目を焼かれるような光にレティノアは思わず目を瞑った。

全身を凄まじい気怠さが襲い、意識が遠のきかける。数秒後、平衡感覚が徐々に戻り、光が収まっていく。

急速に遠のいていく意識の中……最後に見えたのは、自身が装着した腕輪。

腕輪の色は――〝黒〟を示していた。

◇

「――は？」

ノーマンの言葉に、俺は呆然と口を開けた。

レティを犠牲にする……だと？

「まず、彼――セフトについて簡単に話しましょう。彼に発現した【盗】の能力は大きく分けて二つ……一つ目が、対象の持っている力を何でも一つ盗む力、二つ目が、対象の身体を盗む力です」

「なんだと……!?」

「彼は勇者にはそぐわない人格の持ち主でした。当初は勇者として人々を助けていたのですが……ある時期から我々に敵対し始めました。彼は仲間である先代の勇者――【呪】の勇者から聖印と身体を奪い、事もあろうに犯罪者――レドニスの実験に加担し始めたのです。あぁ、なんと言うことでしょう」

ノーマンは「嘆かわしいことです」と天を仰ぐ。

「聖印は新たな世代が現れれば力を失います。ですが彼は例外でした。【盗】で身体を変えても聖印を失わず、奪った力を持ったまま他人に成り代わることができたのです」

頭に知った顔の者たちが浮かび上がる。レティ、カアス、ルーカス……どの人物も接していて違和感はなかった。

「幸い、彼の【盗】には条件があります。相手の力を盗むには【盗】の聖剣を使って命を奪う必要があり、身体を盗むには相手の頭に一定時間触れてセフトの魂を移す必要があります。今回はカアスさんの身体を盗むことにしたようですね」

「カアスに――!?」

俺は驚きに目を剝く。カアスが……？　あいつからは邪念は感じず、とてもじゃないが演技をしているようには見えなかった。

「じゃあ、俺が話してたのはカアスじゃなかった……ってことか？」

「いいえ、それはカアスさんに違いありません」

「……どういうことだ？」

「セフトの【盗】はまず、対象の潜在意識に魂の状態で潜伏します。そして次のより良い身体を見つけてからやっと姿を現し、また身体を入れ替える。潜伏中の意識は宿主のままなので見ても分かりません。なので、あなたが話していたのはカアスさんですよ」

「？　潜伏とかなんでそんな面倒なことをする？」

「そうしないと我々教会に見つかってしまうからでしょうね。少しでもセフトの意識が顔を出せば、漏れたセフトの魔力を探知して場所を割り出すことができますので」

「……カアスの身体にいるのは確かなのか？」

「今回は運良く顔を出してくれたおかげで特定できました。それからまた潜伏して身体を変えていないことは確認済みです」

「そこまで分かってるのになんで捕まえないんだよ」

「無実のカアスさんを拘束して拷問にでもかけろと？　勇者様に対してそんな非道なことできるわけがありませんよ」

ノーマンは「彼が表に出てこない限り、我々も手出しすることはできません」と続けて。

「セフトはより強い肉体を求めていた。盗んだ力が強力であればあるほど、身体の性能が高くなければ使えなかったのです。生命力・魔力・適性……壊れない強固な身体を求め、そのために勇者の器を作るレドニスの実験に協力していました」

ノーマンは「そこで——」と軽く手を広げて。

「セフトが目的を諦めていないことは明白です。カアスさんの身体に潜伏したのも、あわよくば勇者教会の人間と接触し、地下牢に収監されているレドニスと接触しようとしたのでしょう。もしくは他の勇者と接触して身体を入れ替えようとした。……そこで、教会はこう考えました。であるなら〝餌〟を撒けば出てくるのではないか、と」

餌。それが何を示しているのかはすぐに分かった。

「強力な勇者たちとレドニス、彼の目的のためには絶好の機会です。新たな身体を盗むためには意識を表に出さなくてはいけません。間違いなく姿を現すはず……彼が新たな器へ移り次第、私が彼を拘束します」

「拘束したところで、また移られたらどうすんだよ」

「身体を変えた直後であれば【盗】の力は使えません。その状態なら彼の思念を取り出せるのですよ。あぁ、考えたくはありませんが、もしそれまでに勇者様方が力及ばず亡くなったとしても——必要な犠牲でしょう」

「……ルーカスが簡単に負けるとは思えない」

「ルーカスさんは彼の計画に加担しています。招集命令のあと、カアスさんから表に顔を出した彼と接触していた情報が寄せられていますから」

「嘘だ。そんなはずが……」

儀礼剣を渡したとき、あいつはヘンリーがいつ目覚めるのかと聞いてきた。

『感謝する』と、かわいげのない礼を言ってきた。

それが全部……嘘だったのか？

「彼は間違いなく計画を実行に移すでしょう。その際、少しでも邪魔をする駒が必要になります。——死んでも構わない駒が」

「それで、レティを犠牲にするってのか」

「はい。ですが、悲しむことはありませ——」

気付けば、俺の右手がノーマンの襟元を締め上げていた。

「ふざけんなよ」

「何を怒っているのですか？　レティノアさんは道具として役目を全うできるのです」

「あいつは人間だ」

「人間？　彼女は勇者の器として作られた存在。自我を持っていても人ではない。ペンは文字を書くために、盾は身を守るためにあります。それは決して人間にはなりえません」

ノーマンは淡々と言葉を発する。

違う。記憶が、過ごした時間がある。誰が何と言おうと道具なんかじゃない。

乱暴に突き飛ばす。地面に尻をついたノーマンは平然と立ち上がる。身体が宙に浮くほど締め上げたはずだ。なのに息を乱すこともしないその薄気味悪い姿に怖気(おぞけ)が走った。

「それに嘆くことはありません。残り僅かの命です。正義のために貢献した方が彼女のためではありませんか」

「…………は？」

　こいつは何を言っている？

「あと数年は生きられる……んだろ」

「おや、彼女から聞かされなかったですか？　てっきり最期の別れはすませたものだと思っていましたが……」

　最悪の想像が頭に浮かぶ。

「先日の深夜、彼女の検査を行いました。どうやら想定よりも力の負荷が増大していて、肉体の限界が近くなっていたようです。結果、改めて算出した彼女の寿命は――」

　そんなわけがない。そんなわけが――

「〝残り数日〟。これ以上勇者の力を使えば――あと数時間といったところでしょう」

　――『頭なでてほしい！』

　転移前、レティが言ってきた子供みたいな要求。

　ただ、わがままを言ってただけだと思っていた。甘えたくて何となく言ってきただけだと。

　今まで何度も俺をパーティーに勧誘してくるわがまま放題のレティだから、と何も疑問に思わなかった。思えなかった。

本当の意図をやっと理解して、視界が暗くなり、胸が強く締め付けられる。

そうだ、そうだった、レティが俺に――

〝頭なでてほしい〟、なんて言ってきたこと、一度もないじゃないか。

突如、地響きが鳴った。

断続的な重低音。激しい揺れに倒れそうになり、身体を立て直す。

……なんだ、なにが起こった？

揺れの震源地を魔法で探る。反応は――はるか下の最下層から。

「始まったようですね」

ノーマンの声と同時、足を踏み込み、勢いよく駆け出す。

心臓が耳障りなほど脈動していた。悪い予感が胸の中で渦巻いている。一歩踏み出す度に不安が増大して収まらない。

なんで――

できうる限りの力を全て使って最下層へ向けて走る。強化した身体でもその過剰な負荷に耐えられず、全身が悲鳴をあげた。どうだっていい、たとえ足がちぎれようとも構わない。

頭の中にあるのはたった一つの疑問だけだ。

なんで――そんな大事なこと、言わなかった？

いまはただ、それだけを問いただしたかった。

◇

レティノアは夢の中で、過去の記憶を見ていた。

「そうして魔王を倒した勇者は、平和になった世界でみんな仲良く幸せに過ごしました――おしまい」

女性は、ぱたんと読み聞かせしていた絵本を閉じて、「面白かった？」と訊ねる。

膝の上にちょこんと座り、大人しく、でも目をキラキラさせながら聞いていた少女は、肯定するようにぶんぶんぶんっと頭を頷かせた。

「そう？　よかった。……あ、取れちゃった。じっとしててね」

少女が勢いよく頭を振ったせいか、髪を結っていた髪留めが外れて落ちてしまった。女性は落ちた髪留めを手に取り、少女の頭に優しく付け直してくれる。

少女――レティノアは何だか嬉しくなって、女性――姉のお腹にぎゅっと抱きつく。姉のさらさらした髪が頬に当たって少しくすぐったい。

同じ桃色の髪。それもどこか嬉しくて、抱きつく手を強めた。

姉は「ふふ、どうしたの？」とレティノアを優しく受け入れて頭を撫でてくれる。

レティノアは姉――エレノアのことが大好きだった。

すごく優しくて、頭もよくて、兄妹の中で最年長で――一番強い自慢の姉。対して自分はダメダメだ。勉強もできず、駆けっこも遅い。兄妹との鬼ごっこではいつもすぐ捕まって鬼ばかりやることになってしまう。

今日も、他の兄妹たちとの戦闘訓練ではビリッけつだった。レティノアとしてはちゃんと頑張っているつもりなのだが、身体が小さくて力も弱く、剣技はへたっぴで魔法は使えない。いつもボコボコにされて泣いてばかり。

だから戦うのは苦手だった。痛いのは嫌だし、何よりも怖い。それよりも姉に絵本を読み聞かせしてもらって、一緒に遊んでいるときの方がずっと楽しい。

だけど――それだと、立派な勇者になることができない。この場所――施設にいる他の兄妹は全員、勇者になるために努力している。レティノアもこのままじゃ駄目だと分かっているけれど、それでも現状はなかなか変わらなかった。

ぎゅっ、もう一度甘えるようにエレノアの身体に顔をうずめた。すると、大好きな姉は優しく抱き返してくれる。

「――ははははーっ！　俺が帰ってきたぞーー！」

ばーん！　近くの扉がいきなり開いて、そんな騒がしい声が部屋に響いた。

十二歳ほどの男の子だ。桃色の髪。五つ上の兄――レオルノア。

身の丈と同じほどの剣を担いでいて、上半身はシャツ一枚。さきほどまで外で身体を動かしていたのか、ズボンの裾は土で汚れている。

「静かにしてよ、勉強中なんだから」

そんな喧しい少年に抗議したのは、部屋の隅にある机で勉強をしていた、少年と同年代ほどの女の子――アニーノア。

はぁ、と溜息をついて桃色の髪を掻き上げる。右手にはペン、机には何冊も魔導書を広げている。ノートにはレティノアには理解できない魔法術式がびっしり書き込まれていた。

「うっせーな、魔法ばっか覚えても強くなんねーよ。時代は剣だ！」

「魔法の一つも使えない剣馬鹿が話しかけないでくれる？」

「あぁ!?　お前だって剣へたくそのくせに！　あーほあーほ！」

「は？　殺されたいの？」

「あほあほあほあほあほあほあほあーほ！」

「コロス。今日こそは絶対に殺す」

レオルノアは怒りで震えるアニーノアの周りを変顔で回って煽りまくる。アニーノアが魔術杖を手に詠唱し始めた。

エレノアが二人の間に割って入って。

「レオル、お帰りなさい。アニーもやめて。二人ともダメよ喧嘩しちゃ」

「でもよエレ姉！　このあほが俺の剣を馬鹿にしたんだぜ!?」

「あんたが私の魔法を馬鹿にしたんでしょ!?　耳もついてないわけ？」

「ついてませぇーん。戦闘訓練で俺より下の雑魚の言葉を聞く耳はありませぇーん」

「通算成績は私が勝ち越してますけど？　先々週は私が勝ってたし！」

「一勝だけな？　つかほぼ誤差だし？　内容では俺が圧勝してたし？」

仲裁したにも関わらず、むしろヒートアップする二人。

口喧嘩は終わらず、お互いそれぞれの獲物を握りしめ、一触即発の空気になって——

「喧嘩、しちゃダメって、言ったわよね？」

二人の頭をガッと鷲づかみにして、エレノアが呟いた。

途端、二人はやっと気付いたのかガクガクと震え始める。

「え、エレ姉……」

「どうして仲良くできないの？　口で喧嘩するならいいけど、危ないから武器は使わないでって何回も言ってるはずだけど——お仕置きが」

「「ご、ごごごごめんなさいぃっ！」」

放たれる覇気に耐えられず二人は膝をついて土下座した。「なら仲良くしてね？」エレノアはにっこり微笑んだ。二人の額に冷や汗が流れる。

エレノアはこほん、と咳払いして。

「剣も魔法も、どっちの方が優れてるなんて決められないの。レオルもアニーも、得意なこともあるけど苦手なことだってあるでしょ？　相手が自分よりできないからって、馬鹿にしたらダメよ」

でも、二人とも頑張ってるのは見てるからね、とエレノアは二人の頭を優しく撫でる。

二人は照れくさそうな、でも嬉しさを隠せない表情。二人ともお互いは喧嘩ばっかりだが、エレノアのことは大好きなのだ。

レティノアはそれを見てぷぅっと膨れて唇を尖らせた。

それは姉を取られた嫉妬もあったが、一番は自分のことに対してだ。

自分はレオルノアの剣技も、アニーノアの魔法も、どちらも持っていない。

まだ二人と比べて五歳も年下だから、そうエレノアには言われていたが、それでも悔しいことは悔しい。

二人以外の上の兄たち――ダンノアとバートノアも、姉ほどではないが文武両道で優れている。比較してレティノアが嫌になってしまうのは当然のことだった。

「で、でも泣き虫レティよりはマシだか――でぇっ!?」

「馬鹿にしちゃダメって言ってるでしょ」

鉄拳がレオルノアの頭に落ちる。アニーノアがそれを見てこいつアホかよ……と言わんばかりの呆れた顔をしている。

エレノアはそっとレティノアを抱き上げて。

「レティは、強くなりたい？」

顔を覗(のぞ)き込んで、聞いてきた。レティノアはふるふる首を振る。

「ならそれでいいのよ。無理に強くならなくてもいい、私が守ってあげる」

頬に優しくキスされる。ぎゅっと抱きしめられて温かい。

「泣き虫レティは弱いからなー。よし、何かあったら俺も守ってやる！　俺はエレ姉よりもあっとーてきに強くなる予定の男だからな！」

「なれるわけない……でも、レティはすぐ泣いちゃうから、私とこの馬鹿の後ろに隠れてた方がいいかもね。ま、こいつの出番はないでしょうけど」

「なんだとぅ――――!?」

「じゃあ期待してるわね、二人とも」

エレノアは微笑んで、三人を腕の中に優しく包み込む。

やっぱりエレノアはすごい、とレティノアは思った。姉の手にかかればこの通りだ。いつもレティノアをいじめてくるレオルノアも見事に治めてしまう。

勇者に一番近いのは姉だろう。そうパパたちも言っていた。

勇者になるには【聖剣】の力を使いこなせないといけない……らしい。

レティノアはちらりと自分の服をまくって、右胸元の際を見る。

そこにあったのは刻印――【攻】の聖印。

だが、本来あるべき色は灯っておらず沈黙している。

それを見て、レティノアはしゅんと縮こまる。

この施設で勇者を目指す者たちは皆、この【聖印】が身体のどこかに刻まれている。

これは勇者になるための資格みたいなものらしい。ただこれがあれば勇者になれるというわけではなく、【聖剣】を顕現させて、勇者の力を使えるようになってから、ようやく一人前の勇者になれるのだ。パパがそう言っていたのだから間違いない。

しかし、聖印が色を灯してすらいないのは自分だけだ。

魔法も剣技も、自分なりに努力している。だけど、一向に変わらない。まるで自分は勇者になれないと言われているようで、その度に落ち込んでしまう。

でも本当は、勇者にはなりたくない。だってつらそうだ。兄妹たちと戦うのでも怖くて足がすくむのに、魔王だなんて自分には倒せっこない。

きっと、勇者は姉か兄妹の誰かがなってくれる。魔王も倒してくれる。

自分は弱くてもいい。姉はそれでもいいと、守ってくれると言っていた。

弱くて泣き虫な自分は勇者になれない、なれないのだ。

でも……。

でも……もし、勇者になれたとしたら。

その力で誰かを助けて笑顔にしたい、と思った。人には楽しく、笑っていて欲しいから。泣いてつらいのは嫌だって知ってるから。

レティノアはそっと手をあげて自身の髪に持っていく。手に触れたのは髪留め。誕生日に姉がくれた、大切なプレゼント。

大好きな姉がいて、ちょっぴり苦手な兄妹たちに囲まれて暮らす生活。

パパだっている。たまにしか来てくれないけれど、優しい大好きなパパだ。

幸せだ。幸せだと感じた。

幸せだと、心から思っていた。

エレノアに抱かれながら、レティノアは顔を上げる。

そして、目線を少し上にして見上げた。

人。

何人もの人が、こちらを見ている。

部屋の四方を囲む窓ガラスから、白衣を着た人たちが観察してきている。

手にはペンとボードを持ち、何かを会話しながら手元の紙に記述していた。声は一切聞こえない。

レティノアは特に気にすることなく顔を戻した。

いつものことだ。食事、睡眠、勉強……この部屋以外でも、外で戦闘訓練を行うときも見られている。

パパの〝お友達〟らしい。彼らは常に寡黙で話したことはないけれど、たまに隠れてお菓子をくれたりする。パパのお友達なら良い人たちに違いない。

と——そのとき、扉の外から聞き覚えのある音が聞こえた。

カツ、カツ……杖(つえ)で地面を叩(たた)くような音。

レティノアは顔をぱっと明るくさせる。

パパだ。

パパが、帰ってきた。

◇

「あ——」

夢から覚める。レティノアは重い瞼(まぶた)を無理矢理に上げて目を開いた。

気を抜けば意識を失いそうになる。ズキズキとする鈍痛とひどい眩暈(めまい)に唇を噛(か)んで抵抗しなければ、もうろうとする意識を手放してしまいそうだった。

霞む視界が捉えたのは薄暗い空間。

石で作られた大小様々な墓標が乱立している。点々と置かれたロウソクが灯す青い火が空間を不気味に照らしていた。広い空間の奥、黒で描かれた大きな魔方陣の中心部には、何やら肉の塊のような奇妙な物体が横たわっている。

そして、この空間の至る所にいた大量の人影。

微動だにせず、黒ずんで朽ちた身体のそれは、人の骸だった。

その全てが地面に膝をついて、同じ方向を向いたまま天を仰いでいる。

ともすれば祈りにも見える彼らが向いている先は——一脚の玉座。

十段ほどある階段の先に鎮座したそれの上に、誰かが座っていた。

「よぉ、起きたか？」

よっと……カアスの皮を被った【盗】の勇者——セフトは椅子から降りて、階段を飛ばし飛ばしで下る。

レティノアは気付く。玉座だと思っていたそれは、違うものだった。

白骨化した人の遺体。幾つもの骨が組み合わさって椅子の形を成している。土台を支える四つの足は、人の足と同じ形状をしていた。

セフトは軽快な足取りでレティに寄り、乱暴に髪の毛を掴んで顔を上げさせる。

「おー、お前見たことあると思ったらあの、あ、あのときのガキか。あそこから落ちたのによく生きてたなー、こんなに大きくなっちゃってまあ」

　レティノアはその顔に拳を叩き込もうとして、何かにつっかえて止まった。

　原因はすぐに分かった。自分の両手に金属の手枷がかかっている。

　外そうと手を動かすも手枷に繋がれた鎖が壁に固定されているのか、わずかに地面にこすれる音が鳴るだけでビクともしない。

「力が……？」

　勇者の力で破壊しようとして、一切使えないことに気付いた。

　身体の中から何かが吸われていく感覚。次第に強くなっていき、頭を上げているのもままならなくなる。

　よく見れば……自分を拘束する手枷の鎖が、先ほど見た大きな魔方陣の方へと延びて繋がっているのが分かった。

「ぎッ――!?」

　急に、頭が割れるように痛んだ。頭の中を鳴り響くいくつもの声。歌っているようにも聞こえる不快な声は、怨恨が何重にも重ねられた人の声だ。

　狂いそうになる思考に必死に抗う。全身を襲う不快感に耐えきれず嘔吐した。吐瀉物と胃液が地面に撒かれ、ほんの少しだけ身体が楽になる。

　レティノアは理解した。勇者の加護が――薄れている。

勇者の加護があれば、どんな精神攻撃でも耐えることができる。【試練の谷】の最深部であっても、高い精神汚染耐性と発狂耐性を与える勇者の加護が守ってくれる。

その加護が、薄れている。レティノアの力が失われつつある証拠だった。

「ガラクタだったお前が少しでも俺の力になれるんだ。ありがたく思えよー？」

ぺちぺちと頬を叩かれて、その指を歯で噛みきろうとする。セフトは寸前で手を引っ込めて、「おーこわ」と舌を出して笑った。

「なにを――」

するつもりだ、掠(かす)れる声を吐き出そうとしたとき、その人物は現れた。

「レティノア……？」

男はふらふらと覚束(おぼつか)ない足取りでレティノアに近づいてくる。

頬は痩せこけており、不潔な髭(ひげ)が鼻下から顎を覆っている。一見すれば浮浪者にしか見えない相貌の男は、薄汚れてすりきれた白衣を羽織っていた。

カツ、カツ……聞き覚えのある音が鳴る。

「生きていたのか……よかった。あぁ本当によかった。神よ、感謝します……」

男は心底安堵(あんど)したように顔を両手で覆う。眦(まなじり)には感涙が浮かび上がっている。

レティの全身に怖気(おぞけ)が走った。

沸き立つ鳥肌が止まらない。瞳孔が開いて呼吸が荒くなり、手指が震え出す。

「パパだ、パパだよ……いままですまなかった、私はどうかしていたんだ」

かつて父親と慕っていた男――レドニスが、ゆらゆらと手を伸ばす。

「レティノア、もう一度……家族としてやり直そう」

◇

男はカツ、カツと右手の杖で地面を叩きながら近づいてくる。

「愛しいレティノア、愚かな私を許しておくれ――」

「来るなッ！」

レティノアは歯を剝いて拒絶。レドニスが悲しそうに瞳を細めた。

「どうしたんだい、パパだよ」

「私にッ！　父親はいない！」

怒りを剝き出しにして叫ぶ。自分に父はいない。いなくなった。

レドニスはふらっと倒れそうになり、地面に膝をついて。

「あぁ、あぁ……何てことを言うんだ。……神よ、どうしてこれほどまでの苦難を与えるのですか。私は子供たちを心から愛していたというのに、あんまりではないですか」

胎児のように身体を丸めて啜り泣く。

「世界のためだったんだ……ダンノアも、バートノアも、レオルノアも、アニーノアも……エレノアも、平和のために必要な犠牲だったんだ……」

大粒の涙を流す。その表情は本当に心の底から愛しているように悔やみ、懺悔している。

見下していたセフトが口を開いて。

「で、家族ごっこはもういいか？」

「家族ごっこ、だと……？　私の愛は本物だ！」

「なーにいってんだよ。お前がいう家族ができるまでに何個作り直されたってんだ。不細工な人形は捨てて、綺麗な人形は大事にする。おままごとと一緒じゃん」

「ふざけるな！　元はと言えば貴様が！　貴様がエレノアを殺めたから――」

「あー！　うっせえなあ！」

声を荒らげて取り付いてきたレドニスを、セフトが思い切り殴りつける。

「お前は言われた通り俺の器を作ればいいんだよ！……っつか、痛ってえ～、折れやがった。マジでこの身体不便すぎるな」

殴った衝撃でぽっきり折れた右手をぶらぶら。レドニスは腹を抱えてうずくまっている。

「ちゃんとお前が言うこと聞いて無事終われば、大好きな家族ごっこさせてやるよ。また同じようなの作ればいいんじゃね。知らんけど」

「う、ぅう……」

髪を掻きむしるレドニス。顔は涙で塗れ、悲しみで歪んでいる。

「いまさらやめるなんて言うなよ？　お前だってあいつらにやり返したいんじゃねーの？」

その言葉で一転、レドニスは憎悪に顔を染める。

「……そうだ、帝国のクズどもめ、何が犯罪者だ！　国のために、世界のために行動した私を貶めおって……！」

「そうそう、お前は正しいんだ。俺たちは正義。頭の固い馬鹿どもの世界を変えるために、俺たちが戦わなきゃいけない。そうだろ？」

「あぁ、ああ……！」

セフトがニヤリと口を歪めて。

「じゃあ、どうすればいいのか分かるな？」

レドニスは地面に手をついて、よろよろと身体を立ち上がらせる。

そして、レティノアのそばまでやってきて、足を止めた。

「私の子供、愛するレティノア」

動けないレティノアの頭にそっと手を置いて。

「愚かな私を、許しておくれ――」

激痛が、襲った。

レティノアの絶叫が鳴り響く。

頭の中身をかき混ぜられている感覚。急速に自分の中の何かが外に吸い出されている。死んだ方がいくらかマシと思える激しい痛み。

「これで大体何パーセントくらいだ？」

「九十五、といったところだ。……苦しかったろう、もう大丈夫だ」

レドニスはレティノアの髪を優しく撫でつける。ぞっと全身を走る鳥肌。吐き気に堪えられず、もう胃液しか出なくなった口からさらに胃液を吐き出した。

レティノアは開けることすらつらい瞼を上げて、鎖が繋がっている魔方陣を見た。

さきほど中心部にあった肉の塊のような物体。

それがいまは、まるで人のような形状に変化している。

頭、胴体、手、足……裸の全身は真っ白で、髪も毛も生えていない。子供が粘土でこね固めたみたいに不格好な姿だったが、それは確かに人の形をしていた。

いまもなお、それは絶え間なく姿を変え続けている。

「んじゃ、あとちょっとってとこか。楽しみだ、これでやっと——この世界が手に入る」

セフトが不気味な笑みを浮かべた。レティノアが微かに口を動かす。

「どう、いう——」

「おっ、聞きたいか？　じゃあ教えてやる。冥土の土産ってやつだ」

夢を語る少年のようにセフトは嬉々として語り始める。

「俺はさぁ、この腐った世界を変えてやりたいんだよ」

「――？」

「そのためには力が必要じゃん？　でも俺の【盗】でいくら力を盗めても、身体がゴミ性能なら使っても耐えられなくてな？　強い身体を手に入れたとしても、老化もするしガタも来る、そしたらまた交換しなきゃいけねえ――だから、作ることにしたんだ」

セフトはにっこりと無邪気に笑って。

「外側の器作りはレドニスに任せたんだけどよ、神性能の身体を作るためには素材が必要でさ……大量の生命力と体内魔力（オド）が必要だったんだ」

セフトは「あぁ、そうだ……」と小さな声でささやく。

「【霊病】って知ってるか？　あれ、俺が作ったんだ」

レティノアは目を見開いた。

「レドニスと会ったときからだから……二十年前くらいか。そんくらいから必要な素材を集めるために、俺の【盗】と【呪】で作った【霊病】で奪い続けた。バレないように少しずつ、死んでも誰も気にもとめないゴミどもを狙うように設定してな。お前の身体だって、俺が素材を集めてやったんだぜ？　感謝しろよ？」

楽しげに、内緒話をするようにセフトは続ける。

「先代の【呪】を奪っておいて良かったったって心底思ったね。あいつの呪い、一度かけたら身体を変えても俺が解除するまで解けねえんだ。おかげで手間がかからないったらねえ」

　セフトは自身の身体を見回し「おかげでこいつの【呪】なんて奪う価値すらなくなっちまった。クソ弱えし」と舌打ちした。

「だけど素材集めはもう終わりだ。俺はやっと、奪った力を全て使える壊れない身体が手に入る！　そして、この世界の王になって俺を崇める世界に作り替えるんだ！　どうだ、最高だろ!?」

　レティノアは唖然とした。あまりにも自分勝手な願望だったからだ。

「なんで……」

「なんで？　決まってんだろ、ムカついたからだ。誰も彼もが勇者の存在を当たり前だと思ってやがる。勇者は助けて当然だ？　ふざけんじゃねえ！」

　セフトは憎悪に顔を歪ませ、唾を吐き捨てる。

「おかしいだろうが！　もっと感謝しろよ、『ありがとうございます勇者様』って土下座してむせび泣くべきだろうがよ！」

「勇者は……みんなを笑顔に――!?」

　レティノアの頭が勢いよく蹴り飛ばされた。

　セフトはレティノアの髪を無理矢理に掴み、顔を上げさせて。

「それがムカつくんだよ。俺たちは人間だ、金が欲しければ女も抱きたい。勇者に選ばれたせいで、『勇者なんだから助けろ』とか偉そうに抜かす馬鹿が寄ってくる。うんざりだろうが、ええ？」

ま、作られたガラクタにゃ分かんねーか、とセフトは手を離す。

「そのために――身体を手に入れたあとはまず、俺以外の勇者を殺して力を奪う！　偉そうな奴（やつ）も使えない奴も全員殺して、使える奴だけ俺の世界で生きさせてやる！」

最高の世界だ、セフトはケタケタ笑う。

レティノアは手を必死に動かして手枷（てかせ）を外そうとする。だが鎖の音が鳴るだけで拘束が緩むことはない。それでも手を止めなかった。手首の皮が擦り切れて鋭い痛みが走っても、何度も何度も動かし続ける。

「レティノア……やめなさい。いま、こちらの器に力を移している。安心するんだ、次は普通の身体を用意してあげるから……」

ガチャガチャと手枷の音が鳴る。外れない、外れてくれない。

「よかったなぁ、最期に俺の役に立てるんだぜ？　もうお前は出来損ないじゃない、俺の一部として生まれ変われる。お前はこのために生まれたんだ」

「ちがう――！」

「何が違うって？　そうだろうがよ、道具として生まれたんだから――」

ガキンッ！　硬質な音が響く。

セフトは目を見開いた。

「おい……あれで、力がほぼ残ってないってか？」

「……ない、はずだ」

目の前の事態を信じられず、息を呑むレドニス。

手枷は役割を放棄して地面に転がっている。繋ぎ止める対象はない。

レティノアの両手から赤い血が滴った。

手首から先、両手の肉がごっそり抉られていた。赤黒く剝き出しになった表面。滴る血が足下に血溜りを作り続けている。

「無理矢理、外したのか――」

強引に抜け出したせいで小指と薬指は不自然に内側へ折れている。

「まもるんだ、わたしが……みんなを――」

レティノアは聖剣を顕現させる。両手に握ろうとして刺すような激痛が走り、地面に取り落としてしまう。膝を曲げて震える手を伸ばす。

今度は落とさないようにしっかりと握りしめる。増した痛みに顔をしかめて息を漏らすが、離すことはなかった。

瞬間、地面を思い切り踏み込む。

「はや――」

一足で眼前に迫ってきた刃をセフトは身を翻して避ける。だが身体であるカアスの身体能力が低いからか完全に躱すことはできず、左腕の腱が切断される。

レティノアは冷静に体勢を立て直す。

セフトの右腕はレドニスを殴打したせいで折れていて使えない。左腕も使えなくした。これでもう足を使うしか攻撃の手段はない。

セフトが両腕を力なく垂れさせて、顔を引きつらせる。

「お……おい。ちょっと待てよ嘘だろ？　わ、悪かった、謝るからさ、なあ……」

媚びた笑みを浮かべ、後ずさる。レティは聖剣を握りしめ直した。

跳躍。瞬く間に両者の距離がゼロに変わる。狙う先は――首。

「っ……!?」

しかし――セフトの首を落とすことはなく、寸前で別の剣に弾かれた。

返す刀で自身の首に迫る凶刃。レティノアは首を捻って狙いをずらすものの、右頬を深く切り裂かれて血が宙に飛び散る。

「っち……遅えんだよ」

「文句を言われる謂れはない」

聖剣を軽々と弾いた赤髪の男はそう吐き捨てる。

レティノアは奥歯を噛みしめた。裏切られた怒りと……男への恐怖を封じ込めるために。

赤髪の男――ルーカスは聖剣を払い、刀身に付着した血を無感情に振り落とす。

◇

レティノアの聖剣から魔力がほとばしる。両手に握った聖剣グランベルジュが魔力の粒子をまとい、光輝き始めた。

変質し、形を変える。身の丈を越えるほど巨大だった大剣はさらに大きく、剣身は延びて幅広に広がり、その破壊力を増す。

「一撃で決めるつもりか」

ルーカスの言葉と同時、レティノアの姿が掻き消える。

背後。一瞬で移動したレティノアは聖剣を振り下ろす。圧倒的なスピード。知覚したときには手遅れなほど速効の一撃。

【攻】の聖印の能力は単純だ。身体能力と筋力の増大。さらに自身が攻撃するとき、何倍にも破壊力を増大させる。

できる最大の力を籠めた。たとえS級指定の魔物であっても一撃で屠れるだろう。

ルーカスの首筋に刃が迫る。反応はない。あと一秒もかからず首を切断できる。

「遅い」

ルーカスは圧倒的な反応速度と力で対応した。寸前で首と聖剣の間に剣を差し込み、防いでいる。

「う――!?」

止めたのは片手の剣一本。空いた手でレティノアの腹に肘を打ち込む。吹き飛ばされたレティノアが壁に激突し、肺の空気が吐き出された。

たったそれだけの動作で、格の違いを理解させられる。

自分が弱っているなんて言い訳にならない、たとえ万全の状態であっても、手も足も出ないと思ってしまうほどの強さだった。

「【攻】、諦めろ」

倒れ伏したまま、レティノアは落ちた聖剣に手を伸ばす。

「諦めろ、と言っている」

ルーカスは移動し、その聖剣を蹴り飛ばした。

カラカラと転がっていく。レティノアは身体を引き摺りながら聖剣を取ろうと地を這う。

手が無慈悲に踏み潰される。掠れた悲鳴と骨が折れる音。

「お前は弱い。無駄なことはやめろ」

レティノアは、ボロボロだった。

身体はとうの昔に悲鳴を上げ続けている。頭の中で絶えず鳴り響く怨嗟の歌。勇者の力は秒を重ねるごとに薄れて、立っているだけで耐えがたい吐き気と激痛が走る。

だけど、それでも、レティノアは諦めなかった。

震える指を動かしてルーカスの靴に触れる。摑もうとしても力が入らず、爪を立てることしかできなくても抗い続ける。

「……もう、いいだろう」

ルーカスは無機質な目で見下げる。

「理不尽でどうにもならないことはある。お前はよくやった方だ」

だから、諦めろ。ルーカスは言外にそう言っていた。

「い――」

掠れた声を吐き出す。

「いやだ」

「……なに？」

「わたしは……きめた、んだ。もう、にげない……って。まだ――」

「……」

ルーカスは無言で拳を握りしめる。血が滲んで滴った。顔を苦痛に歪ませて、激情を抑えようとしている。

「あーうっぜーなあッ！　道具が勇者様の邪魔すんじゃねえ！」

遠巻きに観戦していたセフトが走り寄り、レティノアの頭を足蹴にする。

「てめーは！　このためだけに生まれた存在なんだよ！　さっさと諦めて死ねっつーの！」

「ち、がう……」

ガンガンと何度も踏みつける。レティノアはもう手すらも上がらない。

「何が違う？　作られたガラクタがよ。ノアの模造品なんだよお前は。その大層な正義感だって、植え付けられた偽物だろうが！」

「ちがう……わたしは……」

セフトが足を振り下ろそうとして——中断する。

「やめろ」

「あ？　んだよ文句あんのか？」

「こいつはもう動けない。これ以上は無駄だ」

「……チッ」

舌打ちして離れる。不服ではあったが、ルーカスの機嫌を損ねると危険だと判断した。いまのセフトの身体では勝ち目がない。ここで敵対されたら計画は頓挫してしまう。

「俺の器ができたらお前も用済みだ。いいんだろ？　【盗】で奪っても」

「……ああ。この世界に未練はない」

「けけけ、そりゃ助かるねえ——おいレドニス！　お前のガキが暴れて迷惑してる。これ以上動けないようになんとかしろ！」

セフトは不気味に笑い、レドニスを呼びつける。駆け寄ったレドニスが悲痛な顔でレティノアを抱きかかえた。

「あぁ、可哀想に……」

レティノアは撥ねのけようとした。でも、身体が動かない。

「私のせいだ……勇者としての思想が、レティノアを苦しめてしまった……」

レドニスはボロボロと涙を流し、懺悔する。

レティノアの頬をそっと撫でる。慈愛の瞳。愛する娘を見る瞳だ。

「大丈夫、もう苦しむことはない。記憶を消して――全てなかったことにしよう」

レティノアの思考が一瞬止まる。記憶を……消す？

「嫌なことは全部忘れよう。そしてまた、家族に戻るんだ」

涙を流しながら、レドニスは笑みを浮かべていた。

いままで出会った人たちの姿が頭に浮かんだ。

勇者として人を助けて感謝されている記憶。

勇者パーティーのイヴたちと一緒に冒険した記憶。

尊敬する――師匠が、頭を撫でてくれて嬉しかった記憶。

大切な記憶。それが……消されようとしている。

いやだ……嫌だ！

レドニスの手が近づいてくる。動かない。身体が、動いてくれない。

抗うこともできず、その手が髪に触れて――

黒い魔力がレティノアを包み込んだ。

◇

帰ってきたパパに、子供たちが大喜びで駆け寄っていく。

「――パパだ！　俺さ俺さ、今日、新しい剣技覚えたんだ！　すげえだろ！」

「私ね、パパが教えてくれた魔法使えるようになったんだよ」

「ははは、二人ともすごいじゃないか。誇らしいよ」

パパ――レドニスは柔和に笑って二人の頭を撫でる。褒められたアニーノアとレオルノアは嬉しげな表情を浮かべた。

エレノアはそんな二人に苦笑しながらレドニスを出迎える。

「お帰りなさい、お父さん」

「ありがとう。みんないい子にしてたかい？」

「ええ、元気で困っちゃうくらい」

「なんだ、いいことじゃないか」

「元気すぎて喧嘩(けんか)しちゃう悪い子もいるのよ？」

ちらり、エレノアはわざとらしく目線を横に向ける。心当たりしかない少年と少女は顔を背けた。冷や汗をかきながら口笛をひゅ～と吹いている。

「レティノアもいい子だったかい？」

レドニスが膝を折り、レティノアと目線を合わせる。ぶんぶんっ！　と頷(うなず)いた。

その子供らしい仕草に笑みを深くして、レドニスは微笑(ほほえ)む。

「今日は時間があるのかしら？」

「いや……実はもう行かなければいけないんだ」

「えー、久しぶりに遊びたかったのになぁー……」

「わがまま言わないの。お父さんも忙しいんだから」

ちぇーっ、と頬を膨らましてむくれるレオルノア。

「すまない……次は時間を作っておくよ。何をしたいか考えておいてくれ」

「やった！　じゃあボール遊び！」

「あっずるい！　私だって遊んで欲しかったのに……」

「早いもの勝ちでーっす。フッフゥー！」

大喜びのレオルノアと悔しそうな顔のアニーノア。それをレドニスが温かい目で見守っている。

レドニスは帰ろうと扉に手をかけて、はたと振り返り。

「――そうだ、明日なんだが……そろそろ【卒業試験】をしたいと思ってる」

きょとんとする子供たち。

そして少しして、喜びと期待に満ち溢れた表情を浮かべた。

「うおおおおマジ？　じゃあようやく俺も勇者になれるのか！」

「よくそんな自信持てるわね……【聖剣】が顕現するかも分からないのに……」

「これで俺も勇者かあ。勇者になったら外の世界でもモテモテかな？」

「聞いてないし……でも、外の世界は楽しみ」

レオルノアは喜びを発散するように部屋を走り回る。アニーノアはそれを呆れた顔で見ていたが、実は嬉しいのか、そわそわと髪の毛先を弄っている。

だが、二人が喜ぶのも当然だった。二人――というよりもこの施設にいる者は、それを目標に努力してきたのだから。

【卒業試験】はその名の通り、この施設から卒業するときに行う試験。

この施設の目的は〝勇者になる人材を育てる〟こと。卒業試験はその最終テストでもある。

どんな内容なのかは知らされていない。ただ一つ聞いているのは、そのときに勇者になれるか否かが決まる、と子供たちは説明されていた。

つまりそれは、聖剣が顕現して勇者の力が手に入るのだと、そう子供たちは考えていた。また、試験の結果に関わらず、試験が終わればこの施設を卒業して外の世界に行けるとも聞かされている。外の世界のことはほとんど知らなかったが、自分たちより前、この施設にいた者に会ったことがない。つまり外の世界に出て帰ってこないということで、それは外の世界が魅力的であると思わせていた。

喜ぶ二人を見て、レティノアは少し顔をうつむかせる。

レティノアはあまり嬉しくなかった。もちろん期待もあったが……それよりも、エレノアたちやパパが離れてしまうかも、という不安があったからだ。

エレノアはレティノアと一緒にいる、と言ってくれていたものの、不安は消えなかった。外には色々な人たちがいる。もしかしたら、弱い自分は見限られてしまうかもしれない。怖くなってエレノアに抱きつくと、なにも言わず頭を撫でてくれる。その手は優しげで温かく、少しだけ落ち着いた。

にっこりと笑みを浮かべて、レドニスが言う。

「ダンノアたちの了承も得てきた。みんな、期待しているよ」

あぁ、それと……エレノアに顔を向けて。

「エレノアはしなくていい」

「……どうして？」

「人数が五人までなんだ。エレノアの卒業試験はまた後日行う、いいかい？」

「じゃあ……レティも後日にできない？　この子が怪我しちゃわないか心配なの」

首を振るレドニス。有無を言わせない口調で答える。

「決まったことだ。すまない」

「……分かったわ」

エレノアはどこか納得していない顔で頷いた。

◇

その日の深夜。

みんなが寝静まっている中、尿意を催して起きたレティノアは眠たい目を擦りながら、とてとてトイレに向かっていた。

いつもなら付き添って貰っていたエレノアは隣にいない。起こそうとして思い留まり、一人で行くことにしたのだ。

明日は卒業試験。そのとき傍にエレノアはいない。いつまでも一人でトイレに行けないようでは卒業したとしても心配させてしまう、そう考えたゆえの行動だった。

暗い廊下をびくびくしながら歩くうちに、やがてトイレに到着した。用を済ませ、帰り道を戻る。

「——」

達成できて誇らしい気持ちで廊下を歩いていると、どこからか声が聞こえてきた。

声の出所に顔を向ける。これは——パパの声だ。

廊下の分かれ道、いつもは塞がれている通路が通れるようになっている。

その先に見える扉の隙間からわずかに明りが漏れていた。

レティノアは興味本位で近寄り、扉の前に立つ。

ひょいっと覗(のぞ)いてみると、そこには予想通りレドニスがいて、もう一人、白衣を着た男性——お友達もいた。

二人は何か話をしていた。声が遠くて聞こえづらく、レティノアは耳を澄ませる。

「——レドニス様、〝あの失敗作〟のことですが」

「なんだ?」

「現段階で身体能力・魔法力が適正値に達していません。精神面も未熟で、特に〝勇気〟のスコアが著しく低いです」

「器の年齢設定が低い、精神が未熟なのは仕方ないだろう」

「また、現段階で言語の読み書き・言葉の理解はできますが発話ができていません。異常値を示していないので精神障害ではなさそうですが……何かしらの問題があるかと」

男は「意思疎通するだけであれば問題ありませんが」と補足して。

「特出しているのは記憶力だけ……これ以上は時間の無駄かと思われます」

「……何を言いたい？」

「作り直すべきです。貴重な【攻】の【勇者因子】を使っているのですから」

レティノアは首をかしげた。よく分からない、何の話をしているんだろう。

レドニスは悲しそうに額に手を当てて。

「その必要はない……明日、卒業試験を行うことにした。あの子たちには酷だが……エレノアと世界のためだ。致し方あるまい」

「なんと……そういうことであれば。では、エレノアに決められたのですね」

「ああ。現時点で力・精神、どれも完璧なスコアに近いからな。容姿、性格、勇気……ノアに一番近いエレノアなら【聖剣】が使えるようになる可能性が高い。それもエレノアは【破壊】の【勇者因子】だ。ノアと同等の力を手に入れるだろう」

男がおぉ……とどよめく。

「失った素体はまたセフトの【呪】で用意する。予定通りなら、二十を超える素体の元と生命力が手に入る。何個か【勇者因子】の移植に拒絶反応を起こすだろうが、それだけあればまた〝私の子供たち〟を作り出せる。だが——」

ツーッと、レドニスの頬に涙が流れる。

「子供たちを失うのは慣れないものだ。あぁ、なぜ【聖剣】が顕現しない……！　私の理論は完璧だったはずだ！　【聖印】も機能していて、拒絶反応もないのになぜ……!?」

「レドニス様、落ち着いてください」

「落ち着けるものか！　私の大事な子供たちだぞ！」

「これも全て完璧な勇者を創り出し、世界を救うための犠牲と仰っていたではありませんか。あの男と手を組んだことも台無しになってしまいます」

「……そうだったな。すまない、取り乱した」

男が「いえ、お気持ちは分かります」と答える。

「計画が終わればセフトとは手を切る。あの男の身体を作るとは言ったが、終われば用済みだ。……それにしても解せん、なぜあの男が勇者に選ばれたのだ。正義の欠片すらない畜生め」

「大丈夫ですか？　激情して何をしでかすか……」

「そのときは私の子供——エレノアが対処するだろう。明日の試験以降、聖剣が顕現さえすればあの男など問題ない」

「……顕現するでしょうか？」

「するはずだ。聖剣の覚醒と同様、強いストレスを与えて精神的に変化させれば、【聖剣】

と【破壊】の力が使えるようになる可能性は極めて高い。現時点のエレノアのスコアであれば、何かしらの変化は訪れるだろう」

「分かりました……では、明日の試験であの男が来るということですね？」

「ああ、セフトの魔力を追って奴らもここに気付くだろう。また場所を変える準備をしておけ。【勇者因子】がある限りどうとでもなる」

レドニスは話は終わりだ、と切り上げる。

そして、カツカツと靴音を鳴らして扉の方へ近づいてきた。

「……気のせいか」

「どうしました？」

何でもない、そう言ってレドニスは部屋に戻っていく。レティノアは扉の裏で息をすませて、鳴り響く心臓をぎゅっと押え付ける。

レドニスはいつも優しい。だがいまはいつもと雰囲気が違って、レティノアはそれが怖くてとっさに隠れてしまった。

足音をたてないように寝室に戻ったレティノアは、布団に入り、頭から被って包まる。

その晩、レティノアはなぜだか、嫌な感覚でよく眠れなかった。

◇

翌日、レドニスは【卒業試験】のために子供たちを広場に呼び出した。

「愛する私の子供たちよ。昨日はよく眠れたかい？」

レドニスはにっこりと笑いかける。それに対して兄妹たちは「寝られた！」「楽しみで寝られなかった」、などとそれぞれの反応をしている。

レティノアは寝不足でまだ眠たい目を擦って、辺りを見回す。

広場にはエレノア以外の兄妹が全員揃っていた。

長男のダンノアは大斧、次男のバートノアは刺剣、次女のアニーノアは魔術杖……と、それぞれが得意な獲物を持って待ちきれないといったように頬を高揚させている。

レティノアは手に持った短剣を握る。非力な自分にはこれくらいしか使えないからだ。

ダンノアが大斧を肩に担いだまま質問する。

「親父、結局【卒業試験】ってのは何をするんだ？」

「すぐ分かるさ。だがその前に——」

レドニスはダンノアに歩み寄り、両手を広げて抱きしめる。

「な、なんだよ。もう子供じゃねえって」

「私にとっては子供だ。もう会えなくなる、最後にこれくらいはいいだろう？」

ダンノアは言葉に詰まり、ややあって照れたように頬をかく。

「ほら、レオルノアたちも来なさい」

そう言われた他の子供たちは、一人は喜びながら、一人は寂しがりながら、一人はちょっとだけ泣きながら、レドニスと別れの抱擁をする。

「レティノア？」

最後にレティノアの名前が呼ばれて、びくっと顔を上げた。

「どうしたんだい？」

にこやかに微笑(ほほえ)まれ、おずおずとレティノアは近づき、優しく抱擁される。

温かい体温。いつもなら嬉(うれ)しかったその行動が、なぜかいまはぞっと鳥肌が走る。

「じゃあ、そろそろ始めようか――〝ゼフト〟、入ってくれ」

「あいあーい。やっと俺の出番かよ～」

そう言って広場に入ってきたのは長身の男。

枯木のような男だ。手足は細く痩せている。一見すると弱そうに見える男だったが、そのギラギラと輝く肉食獣に似た瞳を見れば、すぐにそんな考えは吹き飛んだ。

男は首を鳴らしながら肩を回す。そして子供たちを一人一人ゆっくり眺めた。

「久しぶりの殺しだ。いいんだよな？　本当に」

「……あぁ、だが私の子供たちだ、あまり痛めつけるな」

「分かってるって。俺はこいつらから【勇者因子】を剝ぎ取ればいいんだろ？　つか早いとこ俺の身体も作ってくれよ」

「私の計画が完了したら、と言っただろう」

「はいはい、分かりましたよーっと」

二人のやりとりが理解できず、呆然と立ち尽くす子供たち。

レドニスは「頼んだ」とだけ男に言って立ち去っていく。

なにも聞かされていない子供たちは混乱する。

「おい、これは――」

どういうことだ、そう男に聞こうとダンノアが口を開いて――

「……あ？」

唖然とした声を漏らす。

それもそのはずだ。自身の胸に、背後から腕が生えている。

その手は何か赤黒い変な物体を摑んでいて、その物体はドクドクと脈動していた。

無造作に腕が引き抜かれる。血が勢いよく噴き出し、地面に赤い血溜まりを作り出す。

男は倒れ込んだダンノアを歪んだ瞳で見下ろして、赤黒い物体を手のひらの上で転がして遊ばせる。

ぐちゃり、その物体――心臓を握り潰して、男は口を歪ませた。

「んじゃ、【卒業試験】を始めるぜえ？」

それは一瞬の出来事だった。

広場は瞬く間に地獄と化した。悲鳴を上げる暇もなく、気付けばレティノア以外の兄妹たちが血の海に沈んでいた。

むせ返る血の臭いに吐き気がこみ上げた。びちゃびちゃと吐瀉物(としゃぶつ)を撒(ま)き散らし、状況が理解できず、頭がぐるぐると混乱する。

男は倒れ伏して動かなくなったアニーノアの頭を踏み砕く。飛び散った脳髄が鮮血の絨(じゅう)毯(たん)の上に落下して波紋を生み出した。

「どうして、って顔してんなあ？」

震えるレティノアを見て、男が口の端を上げた。

「つまるところお前らは捨てられたんだ。卒業試験？　確かに卒業だ、この世からのな！」

ギャハハハ、男が下品に笑った。レティノアの両手に収まっている短剣が恐怖で微動する。

レティノアは目の前の光景が理解できなかった。

卒業試験は、勇者になれなくても外の世界に行くことになると言われていた。過去にこの施設にいた人たちもみんな帰ってこなかったと聞いている。なのに――

……。

…………？

――帰って、こられなかった？

そこまで思考して、レティノアは理解した。理解してしまった。

「お前らの役割は選ばれた器のためにここで死ぬこと。お前らが死んで、器――エレノアだっけ？　は深い絶望に墜ちる。そうすれば【聖剣】が顕現して勇者の力が使えるようになる可能性がある――ってのがお前らのパパが作ったストーリーだ」

養殖勇者は大変だな、と男が肩をすくめる。

「ひでぇなあ、残酷だよなぁ……かわいそうになあ……」

レティノアは歯をカチカチと恐怖で鳴らしながら、震える足を動かして逃げようとする。

だが腰が抜けているのか立つことすらできない。

「でもさあ、実は俺にも人情ってもんがあんのよ。実は逃がしてあげたいワケ」

血の海に波紋を生み出しながら男が近づいてくる。

見逃して貰えるかもしれない、そんな希望を抱いたレティノアの頭に男が手を添えて。

「うっそ～♪」

髪をガッと掴まれ、思い切り持ち上げられた。ぶちぶちと髪の毛が引き千切られる。

「そんなわけねえだろバアァァ――――カ！　なに期待した顔してんの？　てめえら道具に人情なんて欠片もねえよ！」

舌を出して醜悪に笑う男。もう片方の手でレティノアの首を掴んで力を籠め始める。

「あばよー、あー笑いとまんね。うひゃ、うひゃひゃひゃひゃひゃひゃひゃひゃ――――」

ぎぎぎ、と万力のような力で首が締め上げられる。

息ができず目の前が真っ暗になって、意識を手放しそうになった――そのときだった。

「ひゃ――？」

首を掴んでいた男の手が宙を舞った。

手はくるくると空中を旋回し、血の海に落ちて血飛沫をはねさせる。

「いっってえぇぇぇぇぇぇぇ――!?」

男が痛みで地面をのたうちまわる。投げ出されたレティノアは激しく咳き込み、朦朧とする意識で辺りに目を凝らした。

視界が捉えたのは姉――エレノアの姿だった。

◇

「いてぇ、いてえよおおおおお！　ふざけんじゃねえぞ女ァ!!」

「レティ、立てる？　怪我してない？」

エレノアは男を無視してレティノアに手を差し伸べる。レティノアの全身をくまなく見て、どこも切り傷がないことを確認してほっと息をついた。

「下がってなさい。あとは私がなんとかするから」

レティノアが離れたのを確認して、エレノアは男と対峙する。

手には何の変哲もない一本の長剣のみ。だが頼りないということは決してなく、その後ろ姿は強い安心感を抱かせた。

「事情は分からないけれど……あなたが敵ということは分かるわ」

なら……そう呟き、全身をバネのように跳ねさせる。

男は自身に迫る刃に対し剣を顕現させて防いだ。光の粒子を纏ったその剣を見てエレノアが目を見開く。

「それは——聖剣？　まさか……勇者なの？」

エレノアは信じられないと言いたげに呆然と立ち尽くす。すぐにキッと瞳を細めて。

「答えて。どうして勇者が私たちを殺そうとしているのか」

「ま、まぁいいじゃねえか。それより待ってくれ、お前は殺しちゃ駄目なんだよ。

……くそ、どうしてコイツがここに……レドニスは何やってんだ」

小声でブツブツ呟く男。エレノアの優れた聴覚はそれを見逃さなかった。

「お父さん？　どうしてお父さんが出てくるの？」

「やべっ……と、とにかくお前と戦う気はない！」

「……そう、でもね、貴方にはなくても私にはあるのよ」

周囲の惨状を一瞥するエレノア。その瞳は怒りで震えている。

「死になさい」

数瞬後、激しい剣戟が繰り広げられる。エレノアの踊るような猛攻。男は聖剣で防ぎ続けるが決して余裕ではないのか、額には脂汗が浮かんでいる。

「あぶねっ――!?」

防ぎきれない凶刃を避けようと上半身を後ろに逸らす。狙いが逸れた剣は男の鼻先をわずかに掠り、翻った前髪をばっさりと切り落とした。

「っち……しょうがねえ――」

男は舌打ちして聖剣を勢いよく地面に突き立てた。黒い魔力が立ち上って変容し、いくつもの魔力の剣となって男の周囲に浮遊する。

「〝女〟を殺せ！」

その声と共に魔力の剣が放出され、エレノアに襲いかかる。

百を超える剣刃。エレノアは焦ることなく冷静に対処した。

襲い来る魔力の剣に、滑らかにかつ正確に剣先を触れさせて軌道を逸らし、できた隙間に身体を入れて掻い潜り続ける。

美しさすら感じる剣技。傷一つつけられることなく全てを躱しきったエレノアは、足に魔力を籠めて反撃に出ようとして。

「――！」

逸らした魔力の剣がまだ動いていることに気付いて、はっと振り返る。

魔力の剣は弾かれて霧散することも壁に突き刺さることもなく、追尾するように弧を描いてある一点へ向かっていた――レティノアの方へ。

エレノアは一足で踏み込み、魔力の剣よりも寸秒早くレティノアの元へ到着する。

襲い来る刃を剣で逸らそうとするが、レティノアを守るように立っていたせいで身体を翻すことができず、全てを躱しきれずに何本かがエレノアの身体に深く突き刺さった。

次の瞬間、こみ上げる血が勢いよく口から吐き出る。

口の端に血泡が浮かぶほどの吐血。エレノアは顔を動かし、それを見て納得した。一本の剣が、寸分違わず胸元――心臓に突き刺さっている。

ヒュンッ、風を切る音が耳に届いて。

「れ――」

エレノアはレティノアに手を伸ばそうとして、身体が動かないことに気付く。おまけに自身の視野が妙に高い。俯瞰して見えたレティノアの顔は驚愕に目を剝いている。

びちゃり。胴体と切り離されたエレノアの首が地面に落ちて、血飛沫をあげた。

◇

「あぁ、ああ……エレノアだけは殺すなとあれほど……」

「抵抗されたんだからしょうがねえだろ！　第一、何で俺のところに来てんだよ、てめえと一緒にいるはずだっただろうが！」

「ではなぜ聖剣を使った……！　エレノアの【破壊】を奪うつもりだったのだろう！　貴様が聖剣で殺したせいで【破壊】の勇者因子も回収できなくなったではないか！」

「違えって！　不可抗力だっつの！　ああしなきゃ俺が死んでたんだ!!」

駆けつけて惨状を見たレドニスが嘆き、男と口論し始めた。

膝を抱えるレティノア。手指の震えが止まらない、恐怖だけが思考を支配していた。

すぐそばに転がるエレノアの首。瞳は暗く光が灯っていない。レティノアが手を伸ばしても、血の海に沈んだ胴体が抱き返してくれることはない。ただ変わり果てた姿でそこに転がっているだけだった。

「――レドニス様！」

死臭が蔓延した広場に、焦った様子で白衣の男が入ってくる。その男は強烈な匂いに顔をしかめるがすぐに持ち直し、レドニスの元に駆け寄る。

「至急、ご報告したいことがあります」

「なんだ、いまはそれどころじゃない。あとに――」

「予定よりも早く、追手がこの施設に向かってきています」

レドニスは息を呑む。

「……人数は？」

「確認できただけで二十は……魔力量を見るにいずれも相当な実力者かと」

「さっさと逃げようぜ。まあまたやり直せばいいだろ？」

「ぐっ……！」

レドニスはセフトを射殺さんばかりに睨みながら歯噛みして、悔しそうに決断する。

「勇者因子を持って撤退する。施設ごと焼却して証拠を残すな」

白衣の男が了承して駆けていく。

「セフト、子供たちから勇者因子は引き剝がしたか？」

「ああ、ほらよ」

セフトはレドニスに何かを四つ投げつける。それは刻印──【聖印】が刻まれた子供たちの皮膚だった。

「あいつはどうするよ？」

男──セフトが指し示したのは震えるレティノアの姿。

レドニスはああ……と頷き、レティノアに近づいてにっこりと微笑む。

「見なかったことにできるかい？」

レティノアは首を振る。レドニスはそうか……と残念そうに眉を下げて。

「じゃあ仕方ない、処分しよう」

当然のようにそう言った。

「いいのかよ？　【攻】の【勇者因子】は捨てるのか？」

「一つ残しておけば攪乱になる。時間稼ぎになるはずだ」

「おっけ、じゃあ殺して――」

「待て、私の愛する子供を目の前で殺そうとするんじゃない。それに父親として、最期は家族と共にいさせてやりたい」

「……？　じゃあどうすんだよ」

「あの場所へ連れて行け。エレノアとダンノアたちも一緒に」

「あー……処分って、廃棄処分ってことな」

りょーかい、セフトは落ちていたエレノアの頭を拾い、楽しげに手で回し始めた。

◇

目隠しをされて、レティノアは荷台に載せられた。

手足は縛られ、口には猿轡をつけられて動くことすらできない。唯一使える鼻で呼吸をする度に、すぐ近くから酷い血のにおいする。ガタゴトと揺れて一緒に乗せられた物体が何度も身体にぶつかってきた。

しばらくして荷台が止まる。息をつく暇もなく地面に投げ出された。

「ひとーつ」

セフトの気の抜けた声。同時に何かが落ちていくような音。

「ふたーつ、みぃーっつ──」

よぉーっつ、いつーつ……そんな声と共に鳴る同じ音。

「ここはさ、廃棄場なんだ」

「ぅ──ッ」

ぐいっと、髪を引っ張られ、どこかに連れて行かれて、強引に立たされた。

パラパラと足下の何かが崩れる音と、全身に吹き付ける冷たい風。

足が子鹿のように震えた。涙は涸れてもう出ない。

怖い、怖い、怖い──

「昔から罪人とか投げ捨ててたみたいでさ、俺たちもちょうどいいやーって思って、ここにゴミとかいろんなもん捨ててたのな」

猿轡が外される。声を出せるようになっても、歯の根が鳴るだけだ。

「んで、素体を使い回せないような失敗作は【勇者因子】を引き剝がしてよくここに捨ててたんだ。レドニスいわく家族が一緒の場所にいられるようにーってな。家族ごっこも大概にしろっての」

手足の拘束が外れた。動けるようになっても恐怖で逃げ出せない。

「でも、実はさ、俺ここ結構好きなんだよ。普通に殺すのも好きなんだけど、何よりも俺が見たいのは表情なんだ。死ぬ間際の顔、無力に死んでいく様が最高に大好きでさ……ここに落とす度に、あいつらは毎回いい顔で落ちていくんだよ」

目隠しが外された。レティノアの視界が露わになる。

穴。

それは大きな、黒い穴だった。

底が見えない深い奈落。それがいま、自分の眼前に広がっている。

「だから、お前もいい顔で落ちてくれよ？」

トン、後ろから押されて、身体が前に倒れ始める。

振り返った。セフトはこちらを見て顔を歪めて笑っている。

全身を包み込む浮遊感。手を伸ばすも取る者はおらず、あっけなく宙を切る。

徐々に視界の光が小さくなっていく。どこか他人事のように、それを眺めている自分。

やっと気付き、口を開いたときには闇が身体を覆い隠していて……。

何もできず呆然と、深い奈落の底へ飲まれていくことしかできなかった。

四章 覚醒

ときどき、変なことを考える。

もし、いまでもお姉ちゃんがいて、あの頃のままでいられたとしたら。

もし、私が勇者にならないことを選んだとしたら。

もし、あのとき――ししょうと出会えてなかったとしたら。

考えても答えは出ないけれど、なぜか考えてしまう。

その度に、ちょっとだけ泣きそうになってしまうのは。

私がまだ、強くないからなんだ。

◇

「おい……嘘(うそ)だろ」

セフトはそれを見て、ひくりと頬を引きつらせた。

「なぜ動ける……!? 記憶は消したはずだ」

器の最終確認を行っていたレドニスが、驚愕の顔を向ける。

二本の足で立っている桃髪の少女が、そこにいた。

数分前、レドニスが記憶消去を完了させて、物言わぬ人形となり地面に転がっていた。

生命力も勇者の力も、全て吸い取って欠片も残っていないはずだった。

それなのに少女――レティノアは地面に立ち、両の目でこちらを見据えている。

「消すのが甘かったんじゃねーの?」

「そんなはずはない。全ての記憶を消した。物言わぬ人形に戻るはずで――」

はっと、レドニスはあることに気付く。まさか――

レティノアが聖剣を顕現させる。光の粒子が収束し、一本の剣が形作られる。それはいつも見ていた大剣の形状ではなく――細長い、長剣の形をしていた。

レティノアの肉体に力は残っていない。本来なら呼吸すら不可能になるはずだった。

しかしその姿はむしろ生命力に満ち溢れている。可視化するほどの体内魔力が溢れ出し、柔らかな奔流が肉体を渦巻いている。

極限の状態であらゆる常識と逆境を打ち破る。

レドニスはその現象を一つだけ知っていた。

「聖剣の、覚醒――！」

レティノアの手に握られた聖剣が黄金に光輝きだす。それはまるでレティノアの感情に呼応し、応援するかのように躍動していた。

――わたしに、力を貸してくれるのか。

重かったレティノアの身体がふっと軽くなる。溢れる力が聖剣から肉体に入り込み、頭の中を蝕んでいた怨嗟の歌がピタリと鳴りやむ。

それは、聖剣からの了承に思えた。

「ありがとう」

ぐっと聖剣を強く握り込む。溢れ出す黄金色の輝きが辺りを包み込み、不気味な洞窟内を昼間のように明るく照らし出す。

前へ足を踏み出した。

一歩、二歩と進む度に、握った聖剣が消えたはずの大切な記憶を蘇らせてくれる。

四年前、奈落の底で、一人の少年と出会った。

『なんだ、お前？　子供がどうしてこんなとこに――』

少年は魔物に襲われていたレティノアを助けて、とても驚いた様子だった。

『上に戻してやるからついてこい。……嫌だって？　お前の意思は聞いてない』

人が怖くて、泣きながら拒否するレティノアを連れ出して、倒した魔物の肉を焼いて食べさせようとしてきた。食べようとしないレティノアに「生きるために食え」と口の中に無理矢理ねじ込んできてまで、生かそうとした。

『喋（しゃべ）れないのか？……ん？　頭に何かついてるぞ。変な黒い魔力……あ、取れた』

少年がレティノアに触れると、いままで喋れなかったのが喋れるようになった。

言葉を教えてくれた。剣を教えてくれた。魔物との戦い方を教えてくれた。

弱かったレティノアに、力を与えてくれた。

『お前がなんで弱いか分かるか？』

それでも、泣いてばかりの守られるだけだったレティノアに、少年は言った。

『立ち向かわないからだ。弱さを言い訳にして、逃げ続けているからだ。それじゃいつまで経（た）っても強くなれない』

戦うのが怖い、とレティノアは泣きべそをかいた。少年は「お前は本当に弱いな」と苦笑した。

『だけど、それでもいい。弱いから、弱い奴（やつ）の気持ちが分かる、寄り添うことができる』

強い俺にはできないことだ、と少年は笑って。

『それに、強いってのは力がって意味じゃない』

『……？』

『誰かを助けるのは弱くてもできる。力がなくても立ち向かうことはできる。馬鹿にされてもつらくても、それでも諦めないで立ち向かえる奴が、強い奴なんだ』

弱さを言い訳にするなと、少年は言った。

弱くても逃げずに立ち向かえと、教えてくれた。

「ルーカス！　俺は身体の交換で動けねえ、そいつを止めろ！」

「分かってる。——《光縛》」

ルーカスが顕現させた聖剣で地面に弧を描く。抉られた地表が光を放ち、光柱がレティノアの周囲に出現して取り囲んだ。

【縛】の勇者の力《光縛》、対象を光の牢獄に拘束し、その光に触れれば如何なる物体をも容易く切断する。

これで脱出は不可能——そう考えた次の瞬間。

「なに——!?」

ルーカスは大きく目を剝いた。

レティノアが軽く聖剣を振っただけで、囲んでいた光柱が簡単に断ち切られたのだ。

光が完全に霧散する。術式を壊されたわけではない、レティノアは【攻】の圧倒的な力で正面から打ち破った。

ルーカスは【攻】の力を思い出す。身体能力、筋力、破壊力の増大。通常では、ただそれだけの力だったはずだ。

やがて一つの結論に至る。

歴代の最強勇者――ノアの使っていた【攻】と同じ力。

魔法も、どんな能力でも力技で断ち切れるようになる能力。

「……末恐ろしいな」

ルーカスは戦慄する。覚醒して間もないのに関わらずこの圧倒的な力。潜在能力の十％も使いこなせていないはずだ。もしレティノアが今後も勇者を続けられるとしたら、一体どれほど強くなっていたのか。

ルーカスの手が僅かに震えた。恐れか猛りか、おそらく両方だろう。

「だが、長くは保たない」

聖剣の覚醒は肉体に大きな負荷がかかる。いまのレティノアは聖剣から逆流する生命力でかろうじて動ける状態。聖剣の力も無限ではない、倒れるのも時間の問題だ。

おそらく、あと数分――

魔方陣の上で新たな器に手を当てていたセフトが、レティノアを見て叫ぶ。

「おい……見ろよそいつの足！　震えてんじゃねえか！」

その足は小さく震えていた。

震えを抑えようとレティノアは足を摑む。だが収まることがない。

レティノアの胸の奥底で恐怖が渦巻いていた。しまい込んでいた感情が溢れそうになる。

『余命はあと数日……力を使えばさらに縮まるでしょう』

数日前に聞かされたノーマンの言葉。

レティノアは自身の命が残り少ないことを理解していた。

魔王を倒す時間がほとんど残されていないことを、ずっと前から分かっていた。

震える身体に鞭を打って、勢いよく足を踏み込み跳躍する。

「あぶねっ……」

聖剣がセフトに触れる寸前で、ルーカスの剣に弾き返される。

「【攻】、もういい……楽になれ」

ルーカスは悲しげな瞳で言った。

「そうまでして何になる？　立ち向かったところで誰もお前に感謝などしない。ただ自分を犠牲にして死ぬだけだ」

「そーそー、所詮お前のそれは全部、勇者ごっこでしかねーんだよ」

「違う……違う！」

レティノアは叫び、否定する。

何度も聞かされていたことだ。この想いが、願いが、紛い物だなんて。

でも、信じたくなかった。自分が意味のない存在なんて、認めたくなかった。

そう思わなければ全てが嘘になる。楽しかったことも、大切な思い出も、「そう感じるように作られた」だけになってしまう。

だから、教えて貰った。憧れたあの人が教えてくれた。

自分の想いが本物だと証明する方法。

強くなるために、もう泣かないようになる方法。

『勇者になれ。勇者になれば弱くて泣くこともない。夢だって叶う。俺も勇者になるために、悲しいときでも笑うようにしている』

つらいときは笑った。

泣きそうなときも笑った。

あの人みたいになるために、勇者として強くあり続けるために。

湧き上がる不安と恐怖を抑え込んで、それでも目に涙が浮かびそうになって、頭を振って払い落とす。

顔を上げて、前を向く。もう足は震えていなかった。

「わたしは……偽物じゃない、作り物なんかじゃない」

両手で聖剣を握り直した。黄金色の魔力が光輝き、身体に流れ込む。

『実をいうとな、俺は勇者になれるような人間じゃない』

――人を助けたい。笑顔でいてほしい。

『俺は自堕落なダメ人間だ。勇気なんてないし、誰かを助けたいと思ったこともない。できることなら逃げ続けたいって常々思ってる』

――わたしのこの想いが、たとえ植え付けられたものだったとしても。

『でも、俺の中身がクズで勇者と正反対でも関係ない』

――偽物でも、前を向いて信じ続ければ。

『助けられた奴にとって俺が勇者に見えれば、そいつの中で俺は――』

聖剣を水平に構えて、両足に力を籠める。

『〝本物〟になる』

二つの光が交錯する。聖剣同士が激突し、激しい剣戟の音を鳴り響かせる。

「ぐッ……!?」

ルーカスの聖剣に亀裂が生じた。すぐに別の聖剣を顕現させて追撃に対応する。

速く、重い。その長剣から繰り出される一撃一撃を受け止める度に、ルーカスの腕が軋み痺れる。まるで特大の槌を力の限り振り下ろされているかのようだった。

目にも留まらぬ剣舞は反撃の隙すら与えない。大型の猛獣を思わせる猛攻。少しでも気を抜けば、気圧されて後ずさりしそうになる気迫。

永遠にも思える剣戟はやがて終わりを迎えた。

押し切れないと判断したレティノアは後退し、体勢を整えてから聖剣を構え直す。

「認めよう、お前は強い」

ルーカスは別の聖剣を顕現させて、柄に手を添える。

それは、東の国で使われている武器——刀と同じ形状の聖剣。

「だが」

レティノアが跳んだ。姿が霞み残像が生じる速度。息を殺し音もなく暗闇の中に溶けていく。

ルーカスはレティノアの姿を完全に見失う。だが焦ることなく冷静に目を瞑った。

静寂が場を支配する。

空気が張り詰めて、ロウソクの青い火が揺れた——その一瞬。

「俺には勝てない」

抜刀。

刹那の間で抜かれた刀が寸分の狂いなく対象を切り裂いた。

暗闇から姿を現したレティノアが、音をたてて地面に倒れ込む。

腹には赤黒い切り傷。完全に両断するには至らなかったものの、鋭い裂傷は腹部を深く抉り、内臓に届いている。

咳き込み、口からごぼごぼと赤い血が吐き出される。

レティノアの手が掴んでいた聖剣が霞になって消えた。身体から急速に力が抜けていく。

——届かなかった。


全てを出し切った。それでも届かなかった。

もう手指すらも動かせない。視界は真っ暗で何も映らない。

死が目の前に迫って、なぜかレティは恐怖を感じなかった。

まるで夢の中にいるような感覚。そんな微睡(まどろ)みの中で、ある映像が流れていく。

それは——自分が魔王を倒して、世界を平和にしている光景。

みんなが笑顔で、たくさんの人が喜んでいて……そんな妄想の世界。

それを見て、レティは気付いた。

自分が本当は何を求めていたのか。どうして、人を助けていたのか。

人を笑顔にしたい、泣いて欲しくない、この想いが本物だと証明したい……その気持ちは紛れもなく本心だったけれど、でもそれよりも求めていたものがあった。

——ただ、ほめられたかったんだ。

すごいねって、頑張ったねって、頭をなでて欲しかった。

魔王を倒したらみんながほめてくれると思って、認めてくれると思って。

だけど、だめだった。みんなを守れる勇者にはなれなかった。

でも、頑張ったんだ。つらくて怖かったけど、頑張ったんだ。

お姉ちゃんはほめてくれるかな、みんなに何て言われるかな。

……。

…………。

――ししょーは。

――ししょーは、ほめてくれるかな。

◇

動かなくなったレティノアを見て、ルーカスが聖剣を鞘(さや)に仕舞った。

レティノアの瞳は色を失いつつある。血の海に転がってかすかな息遣いしか聞こえない。

ルーカスは聖剣を地面に突き立てる。首を僅かに傾けて、無言で目を瞑る。

それはエーデルフ騎士団に伝わる黙禱(もくとう)。心から賞賛できる強敵を討ち取ったとき、最大限の敬意を示す行為だった。

神聖な静寂。だが、その時間を壊すように不届き者が現れる。

「や～っとくたばったのかよ、面倒かけやがって……」

「ま、待て！　まだ器の交換が途中で……」

「すぐ戻る。その前にこいつにお礼をしないと――なっ！」

セフトがレティノアの頭を蹴り飛ばそうと足を振り上げる。

「やめろ」

だが、首元に刀身を当てられて、強制的に動きを止めさせられた。

「止めんじゃっ……ね、え……？」

抗議しようとして、ぞっと背筋が凍る。

冷たい眼光。肌に張り付いてくるような鋭い殺気。

「じょ、冗談だよ……は、はは……」

セフトは額に冷や汗を流し、気圧されて数歩後退する。

（騎士道精神ってか？　気にくわねえんだよ。お前も俺も同類だろうが）

心の中で舌打ちをする。セフトは綺麗事が大嫌いだった。

（まあいい、終わりさえすれば用済みだ。都合のいい駒だったぜ）

セフトにとってルーカスの事情などどうでもよかった。大事なのは利用できるかどうかだ。言う通りに動かない不快な駒ではあったが役割は果たしてくれた。

セフトは笑い、舌なめずりする。

あと少し、あと少しで願いが叶う。永遠の命と壊れない最強の身体が手に入る。

何百人犠牲にしただろうか。この日のために入念な準備をしてきた。【盗】で勇者の力を奪い続け、器に使う膨大な生命力と魔力を霊病で不特定多数から奪い続けた。悪魔の力を取り込もうと、とある商人を唆して悪魔を捕獲させたりもした。

結果、悪魔を取り入れるのは失敗してしまったが……それでも、有り余る生命力を得ることができた。それを全て込めて作ったこの身体であれば、いままで盗んだ勇者の力の使用にも耐えられる。

湧き上がる笑いが止められなかった。

その力を使って何をしようか、まずは試運転に手当たりしだい殺しまくろう。あぁでも、顔のいい女は残しておかないと。カアスの中に潜伏中、ちょうどこの街に目を見張るほどの女がいた。黒髪と水色髪の女だ、あの二人は奴隷にして俺のそばで奉仕させてやろう。

少年のように夢を膨らませる。最高だ、最高の気分だ。

そのときだった。

「あ？」

セフトの頭に何かが当たり、不機嫌に頭をさする。

見れば、天井から地面にパラパラと土塊が落ちていた。

「……なんだ？」

呟いてすぐ、セフトは足下に違和感を覚えた。

地面が震えている。

平時なら気にも留めないかすかな揺れ。だがそれは徐々に勢いを増し、考える間もなく立っていることすら困難な激震に変わる。

発信源は――〝上〟。

何かがこちらに近づいてきている。それも途轍（とてつ）もない速度で一直線に。

「ルーカス、いますぐ――」

結界を張れ！　そう叫ぼうとして、遮られた。

耳を劈（つんざ）く破砕音。破滅的な大音響と同時に天井が崩落する。

セフトは咄嗟（とっさ）に身体を丸め、飛来する大きな石つぶてと土塊から頭部を守ろうとした。だが容赦なく全身に降り注ぐそれらから身を守るには無力だった。防ぎきれなかった石が胴体と腹部に当たり、骨が何本も折れる音が鳴り響く。

土煙が巻き起こり、むせ返る土のにおいを吸い込んで激しく咳き込む。

血痰（けったん）を吐き出し、煙が落ち着いてきたころ、セフトはやっと顔を上げる。

「なに、が――」

最後まで言葉を発することはできなかった。

自分の顔面に、拳が突き刺さっていたからだ。

セフトは思い切り殴り飛ばされ、地面を何度も跳ねて、壁に激突してようやく止まる。

「いてて……あーもう駄目だ、殴りすぎてさすがに手が痛い。っつかここ深すぎだろ……

地面も硬いし……」

殴り飛ばしたその男は右手をさすり、愚痴をこぼした。

「悪い、遅くなった——レティ」

その聞き覚えのある声が、消えかけていたレティの意識を一瞬、呼び戻す。

「し、しょ……」

顔を上げて、男は言った。

「いま、助けてやるからな」

◇

「——来たか」

まるで予期していたかのように赤髪の男——ルーカスが俺を見てそう呟いた。

俺は返答せず、倒れているレティに駆け寄ろうとする……が、それを阻むようにルーカスが立ち塞がり、俺は殺気を込めて睨む。

「あとで相手してやる、どけ」

「【攻】ならもう無駄だ。生命力が消えかけている」

「いいから、どけって言ってんだよ」

「……まあいい」

ルーカスは鼻を鳴らし、道を開けた。俺はレティのそばで膝を折り、手を額にかざして、魔法で状態を確認する。

そしてすぐにある事実が判明し、息を呑んだ。

体内魔力が、ほぼ存在しない。

初めから体内魔力がない特殊な場合を除き、あらゆる生物は寿命で死ぬとき、体内魔力が全て消失する。完全に消えてから《蘇生》や《治癒》を行っても、失った体内魔力は戻らない。寿命での死には抗えない。

それがほぼ存在しない。つまり、レティの命の灯火は消えかけていた。

驚くほど酷い状態だった。全身はズタボロで裂傷が走り、腹部は赤黒く染まっている。微かに上下させている胸の呼吸はいまにも止まりそうなほど弱々しい。目は虚ろで焦点があってなく、ただの人形のように宙空を見上げていた。

応急処置として《治癒》で全身を治療すると傷は塞がっていく。しかし、荒い息は治らず命が消えかけているのは変わらない。一刻も早く体内魔力を補充して一時的にでも延命させる必要があるが、その間の俺は無防備になってしまう。

レティの身体を少しでも楽な体勢にしようと思い抱き上げて、その軽さに目を見張った。

大人とは違う子供の体重。俺は改めて再認識する。

――まだ子供なんだ、こいつは。

抱きかかえたままゆっくりと空間の隅に移動し、《異空間収納(アイテムボックス)》から毛布を取り出した。硬い岩肌の地面に敷いて、レティを慎重に下ろす。

手を目に添えて、開いていた瞼(まぶた)をそっと閉じさせる。その子供らしい安らかな表情は、まるでただ寝ているだけに見えた。

「気はすんだか？」

身体を起こし、声の方向へ振り返る。ルーカスが無感情な瞳を向けてきている。

「どうやってここまで来た。上層から最深部まではどんなに急いでも数時間はかかる」

「上見りゃ分かるだろ。穴開けて来たんだよ」

指で天井を指し示す。ルーカスは呆気(あっけ)にとられたように押し黙って、「……本当に常識外れな男だ」と口をひくつかせる。

そりゃ驚くだろう。俺はできる限りの最短ルートで辿(たど)り着くために、クソ硬い地面を殴りまくって一直線で来たのだから。【試練の谷】の内部はかなり複雑に入り組んでいる。仕掛けを無視して時間を短縮するにはこれが最適解だった。

ありったけの強化魔法を使って掘り進んでも地面が硬すぎて何度も手が折れまくったが、《治癒(ヒール)》を使えば元通りになる。結果、二十分ほどで開通することができた。

だが、それでも俺は遅かったらしい。

できるだけ感情を抑えて声を出す。

「いま引き返せば許してやる」

「……なに？」

「俺はレティの治療に入る。その間、あそこで伸びてるクソ野郎と腰抜かしてるおっさんを見ておけ。そうすれば裏切ったことは全部忘れてやる」

背を向けてレティに手をかざそうとする。だが返答は剣で返ってきた。

俺は振り返ることなく、首を狙った一撃を片手で止める。強く握り込んで剣を砕く。破片がパラパラと舞い、折れた剣が地面で硬質な音を鳴り響かせた。

息を呑む音が聞こえた。背後にいたルーカスの気配が遠ざかる。

俺は自分の身体を見て、驚く。

いままで見たことがない量の魔力が全身に蠢いている。抑えようとするもコントロールすることができなかった。俺の意思と無関係に際限なく溢れ出す。

空気が激しく振動した。俺の魔力に触れた地面に亀裂が走った。

あぁ、そうか……俺は。

俺は、怒っているのか。

渦巻く激情の中で、頭の中はひどく冷静だった。感情に振り回されることなく、無駄のない思考でレティを助けるためのプロセスが組まれていく。

身体が損壊しないよう、レティの身体に《結界魔法》を何重にも行使した。

「少しだけ待っててくれ」

障害を除去するために、顔を上げて振り返る。

「すぐ戻る」


手に黒剣を取り出してルーカスと対峙する。

「一つだけ聞かせろ、どうして裏切った」

「裏切る？　何を勘違いしている、仲間だった覚えはない」

「勇者のお前がどうして加担したのかって聞いてんだよ」

「……貴様には関係のない話だ」

「そのせいで迷惑被ってる。関係ないわけねえだろうが」

ルーカスは鋭い目を流し、少し考え込んだあと、やがて答える。

「終わらせたかった」

「は？」

脈絡のない返答に面喰らう。何を言いたいのかが全く分からなかったからだ。

「六年前、悪魔がリヴルヒイロを襲った。知っているだろう？」

「……それがどうしたよ」

「暴走した悪魔は多くの住民の命を奪った。一つの区域が壊滅し、六年が経過したいまもなおその傷痕は癒えていない」

【復興区域】の街並みが思い浮かぶ。壊れたままの街灯、撤去されていない瓦礫、猜疑的な住民……そこで生まれ育った彼らは、不便を抱えたまま生きることを強いられている。

「【復興区域】など名ばかりで実情は隔離だ。偏見、差別……人種が違うという理由で、不当な扱いを受けなければならない。腐った世の中だ」

「……それでも、差別する人ばかりじゃない」

言って、俺はあることに気付いた。

「そうだ、霊剣はどうした。ヘンリーともう一度会うんだろ」

肌身離さず持っておけと言ったはずの霊剣。ヘンリーを早く目覚めさせるためにはずっと傍に置いておく必要がある。それが、ルーカスの姿を見回してもどこにも見当たらない。

ルーカスはああ、と頷いて。

「あれは捨てた。もう必要ない」

「な――」

唖然としてしまった。

捨てた？　自分の弟の魂が入ったものを？

俺が何かを言う前に、ルーカスが聖剣を顕現させて地面を蹴った。

咄嗟（とっさ）に黒剣で防御。数合の剣戟（けんげき）を交え、つばぜり合いになる。

「話の続きだ――悪魔は街を襲った。そのとき、近くには勇者がいた。だが助けにはいかなかった、住民を見殺しにして逃げたんだ」

聖剣を弾（はじ）き返し、互いに距離を取る。

「その勇者は、俺だ」

衝撃の発現に一瞬、隙が生じた。わずかな隙、ルーカスは見逃すことなく一足で俺の懐まで踏み込み、横薙（よこな）ぎに聖剣を振るう。

左足の大腿部（だいたいぶ）が深く切り裂かれた。バランスを失って倒れかける前に右足を軸にして身体を捻（ひね）って跳ぶ。宙に浮いた一瞬で《上位治癒（ハイヒール）》を行使し、治った左足で勢いのまま回し蹴りを放った。

ルーカスは上半身を後ろに反らして回避。追撃で放った俺の剣に難なく対応し、高い金属音が空間に鳴り響く。

「ヘンリーが死んで、悪魔と対峙した俺は相打ちになった。互いに手傷を負い、悪魔は街の方向へ逃げ込んでいった。だが、俺は追い掛けようとすらしなかった」

剣と剣が火花を散らして交錯する。

「思ってしまったんだ、『どうして俺が助けなければならないのか』とな」

そう語るルーカスの顔には、何の感情も移っていなかった。

「敗れて死ぬかもしれない。なのに、自分を犠牲にして助ける価値があるのか？」

打ち合う剣が激しさを増していく。

「勇者だから当然？　なら誰が俺を助けてくれる？　俺は何度も助けてくれと頼ってその度に断られた。見窄らしい子供だと石を投げられた。最愛の弟すらも失った。なのになぜ、俺だけが助けなくてはならない？……そう思ってしまった。住民の大半が罪のない人間だったことを忘れてな」

ガキンッ、そんな音と共にルーカスの聖剣にヒビが生じる。

「見殺しにした。背を向けて逃げた。俺は悪くないと醜い言い訳をした」

俺は剣を受け続ける。その度にヒビが広がっていく。

「日を跨ぐごとに嫌悪と罪悪感が俺を蝕んでいった。どんなに目を背けようとも事実は変わらない。俺の選択が何の罪もない大勢の人間を殺した。俺のせいだ、俺が殺した」

やがて耐えられなくなった聖剣が音をたてて折れた。ルーカスは俺と距離を取り、折れた聖剣を投げ捨てる。

その姿はまるで、懺悔しているかのようだった。

苦痛に顔を歪め、ルーカスは両手で頭を掻きむしる。

「ずっと、ずっとだ。頭の中に声が鳴り響く。死者の声が、呻きが、恨みが、頭の中で俺を苛み続けて、その度に狂いそうになるんだ」

　何本もの赤髪がはらはらと地面に抜け落ちる。

「罪を贖うように勇者として人を助けた。ヘンリーが望んでいた理想を演じれば、一瞬でも現実を忘れることができた。悪夢でうなされた夜は二人で騎士になると語り合った日々を思い返した。俺にとって大切な思い出だった……はずだった」

　ルーカスは「だが」、と俯かせていた顔を上げて。

「いつしか、ヘンリーとの記憶が不快になった」

　憎悪。

　憎しみを湛えた剣呑な表情で、歯を嚙みしめている。

「あいつの理想が俺を苦しめた。綺麗事だけの記憶に虫唾が走った。ヘンリーの言葉が俺を縛り続けた、あいつの理想は俺にはあまりにも重かった」

　ルーカスの握りしめた拳から血が滴った。俺はやっと口を開く。

「だから、捨てたってのかよ」

「……昔の俺はもういなくなった。いまさら合わせる顔などない」

「ヘンリーはお前を許す、また二人でいちから――」

「許す？　あぁ許すだろうな、あいつはそういう奴だ」

　くく、ルーカスは口の端を上げる。泣き笑うような顔で言った。

「俺が、俺を許せないんだ」

その姿を見て、俺は気付いた。

いままでこいつに感じていた苛立ちと嫌悪、それの正体が分かった。

こいつが……俺に似ていたからだ。

性格じゃない、誰にも頼らずに一人で生きようとする姿が俺と同じだった。

俺は強い、精神も肉体も強い、だから一人でも問題なかった。何が起きても一人で解決することができた。

だけどこいつは違う。勇者としての責務と己の感情に葛藤して、弱い自分を許すことができていない。ちゃらんぽらんに適当に生きる俺と違って、自分が押し潰されそうになってもなお逃げ出すことが選択できないんだ。

おそらく、何度も勇者を辞めたいと思っただろう。全てを捨てて逃げ出したいと思ったはずだ。だが、勇者に選ばれてしまったという強い責任感がそれを許さず、ここまで追い詰められるほど蝕んでしまった。

「セフトの計画を聞かされて安堵した。これで……俺は勇者を辞められる」

「お前の行動のせいで他の誰かを犠牲にしてでも、か」

「……もう、疲れた。楽にさせてくれ」

そう呟くルーカスは小さな子供みたいに弱々しくて。

どこか、介錯を願っているように見えた。

俺はやっと理解して、無言で拳を握り込む。……クソ、そういうことかよ。

楽にさせて欲しいって？　させるかよ馬鹿が。

歯を噛みしめて、言った。

「やっぱり、俺はお前のことが嫌いだ」

「……奇遇だな、俺も貴様が不快だった。使命もないD級冒険者風情が、過ぎた力を振りかざしているなどおかしいだろう」

「面倒くせえやつだなほんと、回りくどいんだよ。助けて欲しいなら最初からそう言え」

「……何を言っている？」

「ずっと疑問だった。リヴルヒイロに入国するとき、お前は俺たちを止めてきた。『弱者は入国を認めない』って偉そうな文言垂れてな」

色々な情報が繋がって全てを理解した。

なんで入国させようとしなかったのか、なんでレティに勇者を辞めさせろと言ったのか。

ただの嫌な奴だと思ったが違う。こいつは警告していたんだ。

あの段階で計画は進んでいたはずだ。レティが依頼に参加することを知っていた。

『――ならばよく見ていろ。失ってから後悔しても遅い』

警鐘は鳴らされていた。回りくどすぎて気付けなかったが。

俺に一対一で負けて、あっさりと入国を許可した理由。

——止めて欲しかったのかよ。

分かるわけねえだろ、と苦笑する。なんだそりゃ、分かるかっつーの。

まるで子供のかんしゃくだ。いや、泣き叫びもしないだけ子供より質が悪い。

「これだからガキは嫌いなんだ」

周囲を振り回して迷惑をかけてくる、予測不能でいったい何をしでかすか分からない。

だから子供のお守りは大嫌いだ。

俺は黒剣を握り直し、ルーカスに剣先を向ける。

面倒くせえ、でも、大人で優しくてかっこいい俺だから助けてやる。ありがたく思えよ。

「止めてやるよ、クソガキ」

ルーカスが目を丸くする。その表情はいままで見た中で一番人間らしい。

やがて口の端を吊り上げて笑い出し、徐々に笑い声が大きくなっていく。

声が収まって、何も言わずルーカスは新たな聖剣をその手に顕現させる。

剣身が赤光を放っている。過去の勇者が使っていたものとも違う、初めて見せる聖剣。

顔を上げて俺と視線を合わせた。その顔は不敵に笑っている。

ルーカスが聖剣を地面に突き立てて、言い放つ。

「止めてみせろ、D級」

　聖剣の赤光が、俺たちを包み込んだ。

◇

　赤光が収束していく。視界が捉えたのは別の景色。

《異界》に転移したとすぐに気付いた。辺りを見回して状況を確認する。

　荒野だ。緑一つない荒れ果てた大地。岩や建物などの視界を遮る大きな物体はなく、地平線がどこまでも続いている。

　吹き付ける風に砂塵が舞った。茜色の光が空から降り注いで、地表の至るところに刺さった物体が反射して煌めいた。

　それは、武器だった。

　短剣、片手剣、長剣、大剣、曲剣、双剣、刺剣、斧、槍、刀、太刀、魔法剣——

　長さも大きさも違ったありとあらゆる武器が、まるで剣塚のように点在している。

　しかもそれだけじゃない、この武器たちは——

「全部——〝聖剣〟か」

【蝕】のカルドピア、【幻】のヴィズィオン、【魔】のアムレート、【氷】のバラフ、【速】のラピッド、【血】のモナーク……数え切れないほどの聖剣、その全てが過去に実在した勇者が使ったとされる聖剣と同じ形状をしている。

そして、その一つ一つが膨大な魔力を秘めている。まるで——本物のように。

疑心が確信に変わったとき、背後からルーカスの声が聞こえて、俺は振り返る。

「以前貴様と戦ったとき、俺は全力を出し切った」

手には聖剣が握られている。剣身は眩い赤光を放ち、炎のように煌めいている。

「手を抜いたつもりはない。俺と貴様は同じ条件で戦い、俺が敗れた。聖剣を覚醒させなかったのは公平にならんと思ったからだ」

ルーカスは地面に刺さっていた短剣をおもむろに抜き、こちらに投げつける。

一直線に向かってくる短剣を俺は身体をずらして避ける。短剣は掠りもせず横を通過し、カラカラと地面に転がった。

そこで俺は気付く。身体が——妙に重い。

短剣を避けようとして一瞬遅れが生じていた。水の中に身体を浸からせているように全身の動きが鈍い。常時行使しているはずの《身体強化》がなぜか外れている。

「通常、俺の聖剣は過去の勇者の紛い物しか扱えない。だが、この世界なら俺は本物の聖剣を扱える。使用者が不在であればどんな聖剣でもな。あぁ、それだけではない」

《身体強化》をかけ直そうとして術式が霧散する。俺の中に魔力がないわけじゃない、外部からの干渉で行使する直前に魔力が掻き消されている。

それは、魔法が一切使えないことを示していた。

「《王政世界》（モナルケス）——この世界では俺が王で、貴様が民だ。俺の力は尽きることがなくなり、貴様はあらゆる力を失う。民が王と同等など不遜だろう？」

全身がさらに重くなり足がふらついた。俺の身体から容赦なく力が抜き取られている。

「……理不尽な力だな」

「世界は往々にしてそういうものだ。非合理と不平等に満ちている」

俺はそのセリフに声を上げて吹き出す。上から目線に勝った気でほざくこいつがおかしくてたまらなかった。

ルーカスは眉間に皺（しわ）を寄せる。俺は右腕を前に突き出して掌（てのひら）を開いた。発生した黒い粒子が収束して剣を形成していく。

黒剣を握り込む。目を剝（む）いているルーカスの顔が見えたが、説明するつもりはない。というか俺だって理解していないのだから説明できない。

だから分かるのは一つ。

「確かに不平等だ、こんだけお膳立てしても俺の方が強いんだからな」

「……ぬかせ、貴様に何ができる」

「お前をぶん殴ることができる。魔法が使えないって？　身体がちょっと重いだけで俺が弱くなるとでも？　そんなもん、修行で何度も通った道だってての」

俺は剣技を磨くために、目隠し鼻栓耳栓をつけて五感を遮断しなおかつ魔法を禁止した上でボロボロの折れた剣を持ってS級モンスターに挑む男だ。そんな俺がこの程度の逆境に怯（ひる）むわけがない。

「いいからかかってこいよ——怖いのか？」

指をクイクイ動かして挑発する。ルーカスの額にピキリと青筋が立った。

「最後まで腹が立つ男だ——」

先手はルーカスが取った。瞬きをする一瞬で俺との間合いを詰め、聖剣を抜き放つ。

洗練された神速の一刀。赤光を纏（まと）う剣身は猛烈な熱を帯びている。わずかでも触れれば金属すらも容易（たやす）く溶かし切り裂かれるだろう。何の防護もしていない俺の身体なんてそれこそバターにナイフを入れるよりも簡単なはずだ。

放たれた一閃（いっせん）。普通なら避けることは不可能。だが俺はルーカスが踏み込む前に身体を後ろに倒して回避行動に入っていた。地面を蹴り後ろに飛ぶことで難なく回避する。

「《炎獄》」

逃げた先に出現した炎の嵐。回旋する渦が俺を取り囲み始め、反射的に外に脱出しようとする、だが一歩遅かった。完全に渦に飲まれた俺は逃げ場を失う。

「邪魔くせえ」

身を屈め足に力を籠めて一回転。右薙ぎに振るった黒剣が剣風を巻き起こし、炎を切り裂いて消し飛ばす。

目を見張るルーカスの姿が視界に迫った。炎の消滅と共に眼前に移動した俺は、すでに剣を逆袈裟に斬り上げている。剣とルーカスの距離は拳一つもない。

反応すら難しい一撃。しかしルーカスは紙一重で躱してみせた。

だが無理な回避は否応なく体勢を崩す。俺が放った追撃の蹴りには対応できず、腹に埋まった俺の足がルーカスの身体をくの字に曲げて勢いよく宙に吹き飛ばす。

地面に激突し砂煙が舞い上がる。視界が覆われてルーカスを一瞬見失った。

「読めてんだよ」

背後から振り下ろされる剣。俺の頭が叩き割られる寸前で黒剣を挟んで受け止める。そのまま開いた腕で肘打ちを狙うが、ルーカスが後ろに飛んで回避された。

互いに距離が開く。ルーカスはこちらを睨んでいた。

「化け物が……！」

俺は肩をすくめる。いい褒め言葉だ、思わず笑いそうになる。

「なぜ、貴様ほど強い人間が勇者に選ばれないんだ」

「そんなん知るか。聖剣が俺のこと嫌いなんじゃねーの。ま、選ばれなくて良かったよ、勇者になりたいなんて過去の俺はどうかしてた」

もし勇者に選ばれていたらと考えただけでぞっとする。毎日労働休みなし、なのに責任だけはいっちょ前、んなブラックまっぴらごめんだ。

「使命もない貴様が……俺に勝てていいはずがない！」

「うるせえな、使命なんてあるわけねえだろ！」

こちとらただのD級冒険者だ。使命も義務も責任も全部放り投げて生きてきてんだ。

「俺にお前の価値観を押し付けんな。使命使命って、勝手に妄想して縛られてんのはお前だろうが。自由に生きてるのが羨ましいずるいって素直に言えよ」

「ッ……ふざけるな！」

ルーカスが新たな聖剣を顕現させた。剣身が弧の字に湾曲している。何重にも鉄の茨が絡み錆(さ)びついた刃はとうてい実用できるとは思えない。

【血】の曲剣――モナーク。

聖剣を振り上げてルーカスは宙を斬った。すると、聖剣から幾重もの血の刃が生じて一直線に俺に襲いかかる。

性質は理解している。この刃で少しでも手傷を負えばその傷は癒えることなく体内の血が尽きるまで出血し続ける。そうなれば持久戦に持ち込まれて失血死するのは俺の方だ。

剣で払うこともせず横っ飛びに回避。【血】で生み出された刃は斬れば分裂してしまう、知らずに斬れば俺の全身は切り刻まれていただろう。

「気に入らん――」

ルーカスが天に手をかかげ、空に展開された無数の魔方陣から光弾が降り注ぐ。

俺は襲い来る光弾を全て剣で叩き切る。一つ一つ正確に、一切の被弾をせず。

「俺には使命も正義もない。ただ好き勝手に生きてムカついたらぶん殴る、それだけだ」

「それがッ！　気に入らんと言っている！」

お互いの剣が交錯する。眼前で火花が散り、剣戟が幾重にも鳴り響く。そこには美しい剣舞も達人の技も存在しない。ただただお互いの力をぶつけ合うだけの荒々しい剣だった。

やがて、永劫にも思えた剣戟はルーカスが引いたことで終わりを告げる。

「……なぜだ」

「ああ？」

「ならなぜ、【攻】を助けようとする」

その質問に俺は一瞬黙って考える。なんでレティを助けるのか、その理由は正直まだよく分かっていない。その答えを知るために俺はここに立っているのだから。

ここに来る途中、地面を殴りながら考えていた。なんで俺が必死に頑張っているのかと、面倒くさがりで怠惰な俺が他人のために動いているのかと。

俺は気付いた。というよりも、最初から悩む必要なんてなかった。

俺はこれまで誰のために動いてきた？　誰のためにつらい修行をして力をつけた？

息を吸い込み、答える。

「俺のためだ」

自分のために動く、俺の行動原理はそれで一貫していた。

あれこれ難しいことを考える必要はなかった。たとえ不利益を被る行動だったとしてもそれでいい。俺が俺のためと納得できるのであれば関係ない。

レティを助けるのに理由なんていらなかった。俺がそうしたいと少しでも感じたのなら、悩まずに行動すれば良かっただけだったんだ。

「……答えになっていない」

「なってるだろ、すげえなってる」

失礼な奴(やつ)だ、これ以上ないくらい完璧な結論なのに何を言うのか。この結論に至るまでにどれだけ時間かけて悩みまくったと思ってんだ。

「貴様は、どこまで俺を虚仮(こけ)にするつもりだ」

「舐(な)めてんのはお前の方だろ。お前が俺に――」

「ふざけるなッ――！」

ルーカスは地面を蹴る。冷静な思考を失っているのか動作も剣筋も見え見えだ。

俺は溜息(ためいき)をつく。本当にガキだなこいつは、怒りの感情のまま俺に当たっていて冷静になれていない。大人の俺を見習えクソガキが。

「別に、俺はお前の保護者じゃないからお前が何をしようが勝手だ。犯罪でも何でも好きにしてくれ、ただな――」

振り下ろされる聖剣を容易く弾き飛ばす。一足、ルーカスの懐に飛び込み。

「俺に迷惑かけんじゃねえ、馬鹿野郎」

ありったけの力で剣を振り抜いて、がら空きの胴体を一閃した。

ルーカスは口から大量の血を吐き出し、地面に倒れ伏す。

それ以上、立ち上がることはなかった。

◇

術者のルーカスが意識を失い、《異界》から視界が切り替わって元の場所に戻った。

重かった身体が軽くなる。自分の肉体に《身体強化》と《結界》をかけてみると、使えなかったのが嘘のように問題なく行使できた。

足下には倒れ伏すルーカスの姿。動くことはできないだろう。俺の剣はルーカスの胴体を切り裂き、内臓を抉って骨を断った。微かに呼吸が聞こえるのを見るにどうやら急所を外してしまったようだが……まともに声を出すことすら不可能のはずだ。

これで障害は一つ潰した。俺は顔を上げ、レティがいる隅の方へ足を進める。

だが、そこにはレティに寄り添うように男が座っていた。

「レティノア、家族に戻ったら何をしようか。……そうだ、山へピクニックしに行こう。パパと二人は嫌かい？　ならまた別の兄妹を作ってみんなで行こう」

四十代前後の男だ。《異界》に転移する前、端で身体を丸めて縮こまっていた男。目は窪んで頬は病的なほど痩せこけている。その男はレティに触ろうとして俺が張った結界に弾かれながら、何かをぶつぶつと語りかけている。

おそらくこいつが、レティの父親だった男――レドニス。

「大丈夫だよ、もうつらいことは何もしなくていい」

「おい」

「私たちだけの世界で、みんな幸せに暮ら――」

「邪魔だ」

俺は手をかざし、魔弾を放った。レドニスの上半身が跡形もなく消失する。膝をついて倒れ、気味の悪い声が聞こえなくなる。

地面に転がった邪魔な死体を蹴り飛ばす。これで静かになった。

レティの傍に近寄ろうとして、後ろから声が耳に届く。

「うわ、レドニスの奴、死んでんじゃねーか。なっさけねー……でもまあいいか、もう用済みだし。俺のために働いてくれてありがとなぁー」

それは低い男の声、俺は声の方向に振り返る。

「つかよお、この身体まーじですげえわ。身体は軽いわ、魔力はクソ多いわで、しかもこれまで奪ってきた勇者の力全部つかえんの。おら見ろよこれ、いち、にい、さん……六個だぜ!?　あのノアと同じってやべえだろ！」

痩せ型の男だ。年齢は十八歳前後。長い銀髪を振り回して子供のようにはしゃいでいる。その身体には何も纏っておらず、額、首、左頬、右胸、右手、腰……それぞれの場所に印が刻まれている。それは紛れもなく聖印だった。

「顔もさ、クソイケメンじゃねー？　こりゃ女もほっとかねーって……と、そうだ服、服っと……取りあえずクソだせえけどこれでいいか、あとで服屋見ていいの探すか」

男が自分の身体をぺたぺた触ると、皮膚が引き延ばされて不格好な服のような形になる。

「お前は……セフトか？」

「そうだけど？　呼び捨てにすんじゃねーよ」

周囲に顔を巡らせると、カアスの身体が地面に倒れているのが見えた。セフトはこいつの中に入っていたはずだ。動ける状態ではなかった……それが別の身体に移っているということは、俺が《異界》の中で戦っているとき、レドニスが動いてセフトの身体を入れ替えたのか。

……まあいいか、そんなことはどうでも。

「さっそく試運転するか。お前が誰か知らねえし悪いんだけどよお……死んでくんね？」

セフトが手に剣——聖剣を顕現させて、剣先をこちらに向ける。

次の瞬間、何の前触れもなく俺の右腕が吹き飛ばされた。

防護魔法は何重にも纏(まと)っていた。にも関わらずそれすらもあっけなく貫通した。

「おおお！　これが【破壊】の力……！　使える、使える！　すげえ！」

セフトはウキウキとはしゃいでいる。新しく手に入れたおもちゃを動かすように。

……これが【破壊】か。知っていた情報と同じだ。示した場所に不可視の塊を飛ばし、あらゆる防護魔法を無視して破壊する能力。

ノアの持っていた【破壊】と同じなら、出現位置は対象地点の上下左右どこからでも可能で大きさも形状も自在……だがそれは聖剣が覚醒している状態で、通常時は出現位置も直線で大きさも変えられない。セフトの聖剣を見るにまだ覚醒してはいないだろう。

なら、問題ない。

「《上位治癒(ハイヒール)》」

そう唱えると失った右腕が再生して元通りになる。

「……ああ？」

セフトの怪訝(けげん)そうな声。俺は構わずセフトに向けて足を進めた。

再度、俺に剣先が向けられた。今度は左足が吹き飛ばされる。

「《上位治癒(ハイヒール)》」

一瞬で治った左足で地面を踏んで進む。呆気(あっけ)にとられているセフトの顔が見えた。

「……なんだ、お前？」

また剣先を向けてくる。頭を狙った一撃に対して頭を横にずらして避ける。着弾が早すぎて完全に避けきれずに耳と顎が消し飛んだが、一瞬で治して再生を行う。

「《上位治癒(ハイヒール)》、《上位治癒(ハイヒール)》、《上位治癒(ハイヒール)》、《上位治癒(ハイヒール)》、《上位治癒(ハイヒール)》《上位治癒(ハイヒール)》――」

頭と心臓にだけ当たらないように避け続け、損傷した部分を再生し続ける。

右半身が消失して再生、下半身が消失して再生、声を出せなくなっても無詠唱で行使して、その度に何事もなかったように一瞬で元に戻る。

「なんだ、お前、なんだよお前、なんで死なねえんだよッ！」

セフトが顔を引きつらせて叫ぶ。意味が分からないと言いたげに混乱している。

俺の《上位治癒(ハイヒール)》なら死にさえしなければ魔力が尽きるまで再生し続けられる。再生速度を極限まで高めたせいで魔力の消費がクソ激しいが、それでもまだまだ余裕がある。

いくら速くて不可視だろうと、予備動作が見え見えの攻撃で死ぬという方が難しいものだ。さすがに完全に回避とはいかないが、急所を外すくらいはできる。

覚醒後の【破壊】なら分からなかったが……この程度で俺が死ぬわけがない。

……ちなみに、いまの俺は事前に【次元蘇生(ディメンリザレクション)】を外してある。

その理由は、相手が俺に深手を負わせられる敵だったとき、単純に治癒できないのは不利になるからだ。もし死んでしまえば蘇生までの時間はタイムラグがある。蘇生したあとも無防備でそこを狙われればひとたまりもない。

できることなら外したくはなかった。少しでも気をぬけば急所に当たって俺は死ぬ。今だって神経を全集中させて急所を避け続けている。やりたいわけがない。

その後、セフトは別の方法で俺を殺そうとし続けた。別の聖剣の力を使い、ありとあらゆる魔法を行使し、しまいには剣で斬りかかり、体術で肉弾戦を仕掛けてきた。

だが、全てにおいて俺は上回っていた。

「お、俺は……最強になったはずで、誰も俺に勝てないはずで――」

戯言をぬかすセフト。その顔には恐怖が生まれてきている。

俺は一歩、足を進ませた。セフトは尻もちをついて後ずさる。

「く……来るんじゃねえ」

引きつりきった不細工な顔面。俺は構わず二歩三歩と進み続ける。

「来んなっつってんだろ……！」

両腕が、下半身が、何度も何度も吹き飛ばされては何事もなかったかのように再生する。

「なんでだよ、どうなってんだよッ！」

とうとうセフトは地面を這いつくばって逃げ始めた。恐怖で腰が抜けているのか、立つことができないようだ。なんとも情けない格好で俺に背を向けている。

やがて追いついた。その後頭部を勢いよく踏みつける。鼻の骨が折れる音と蛙が潰れたような声が鳴る。

「お前のせいで俺に迷惑がかかった」

「う、うるせぐゴがッ!?」

セフトの口を足で蹴り飛ばす。折れた歯が何本も地面に転がった。

「やめ――」

髪を摑み、無理矢理に持ち上げる。それでもまだ抵抗する気力が残っているのか、セフトは右手に魔力を集めて何かを行使しようとした。

「謝れよ」

発動する前に右腕を捻って引き千切った。痛みでのたうち回るセフト。

その身体には強固な防護魔法が何重にも重ねられていたが、魔法で強化した俺の方がわずかに勝ったようだ。

すぐ回復魔法で癒やすか防護魔法を張り直すかすればいいものを、叫び暴れるだけでしようとしない。おそらく痛みを覚えた経験が少ないのだろう。

得た力が強力でも使いこなせなければ意味がない。ただ身体を変えて他人から奪っただけのこいつに俺が負けるわけがなかった。

セフトはひとしきり暴れてやっと大人しくなる。顔面は涙と鼻水でぐちゃぐちゃだ。

「い……いやだ。なんで俺が、なんで俺がこんな――」

セフトは気が動転して無様に這いつくばっている。ひどく無様だった。

「助けてくれ、頼む、俺はまだ死にたくない……！」

しまいには命乞いをし始めた。媚びへつらった顔で俺を見上げる。

……情けない奴だ。信念なんて欠片もないのだろう、プライドを捨ててただ生きることだけに無様にしがみついている。

マジで、聖印はなんでこれを勇者に選んだのか。こんな奴を選ぶくらいなら修行中の俺の方がよっぽど勇者してる。人を見る目がなさすぎるだろ。

俺は頭をかいてため息を吐いたあと、つぶやく。

「死ね」

俺の魔力に押し潰されたセフトは跡形もなく、粉々に消滅した。

全ての脅威を排除した俺はレティの元へ向かった。

横になっているレティのそばにしゃがみ、その細い喉に軽く指を添える。

――よかった、まだ息がある。

もう絶え絶えだがレティは微かに命を繋いでくれていた。すぐに体内魔力を俺から移すため、レティの額にぴたりと手を当てる。

だが――

「くそッ……！」

レティの身体に注いだ魔力が、体内に留まらずに抜けていった。

最悪の結果だった。他者による体内魔力の注入は魔力の性質が身体に適合しないと行えない。レティの魔力と俺の魔力は適合していなかった。

外界魔力ならいくらでも性質を変えられる。でも体内魔力は俺の魂から身体の中に作られるもので、性質は一切変えられない。

それでも何度も何度も繰り返して、その度に漏れ出ていく。

焦りで歯を噛みしめる。冷静になろうとしても感情が抑えられない。

どうする、どうすればいい、いまからレティを連れて街へ急いで適合する人間を探す？　間に合うのか？　いま息をしているだけでも奇跡なのに？

できるわけがない。そもそも、他人の体内魔力を移し替えても数時間の延命にしかならない。レティ自身の体内魔力をどうにかして作らない限りは意味がない。

だけど、そんなこと……できるのか？

寿命の死には抗うことはできない。自然死で死んだ人間は《蘇生》でも生き返らない。

それこそ、俺が神でもない限りは――。

「……神？」

はたと思い当たり、俺は顔を上げた。

神……そうだ、神の奇跡に近い人知を超えた力があればいい。

俺はその力をすでに持っているじゃないか。

気付いた途端、身体から黒く禍々しいなにかが溢れ出す。それは意思を持つ生き物のように蠢いて、俺の身体に纏わりつき始める。

ヘンリーの魂を悪魔から引き剝がし、儀礼剣に宿すことができたこの力。

ヘンリーの肉体を作り出すことができると確信した、この意味の分からない力。

この力を使えば——レティの体内魔力を作り出せるかもしれない。

レティに手をかざして、念じる。

だが——何も起こらない。

「動け……動け！」

黒い魔力は動かない。ただ俺の周りを蠢いているだけだ。

なんで、どうしてだよ、あのときはできただろ、どうしてできないんだよ……！

「——めねえ」

怒りで嚙みきった唇から血が流れ落ちた。

「認めねえぞ、俺は」

何度も何度も何度も何度も何度も――できるまで繰り返し続ける。諦めるなんて選択肢は存在するはずがない。こんな終わりは、結末は認めない。

「まだ、聞いてねえだろうが……！」

なんで俺に大事なことを相談しなかったのかを聞いていない。散々俺をパーティーに勧誘して迷惑をかけてきたくせに、勝手に何も言わず別れたことを叱れていない。

「俺に許可なく――勝手に死ぬんじゃねえ！」

叫んだ、そのときだった。

『まったく……まだ使い方を思い出していないみたいだね。世話が焼けるなぁ――』

前方から、そんな女性の声が聞こえた。

はっと顔を上げる。そこに立っていたのは長い銀髪の少女。

黒いゴシックドレスに身を包んだその少女――エンリは地面につくほど長い銀髪をやれやれと手で掻き上げて、爛々とした瞳をこちらに向けている。

俺はすぐ魔弾を飛ばして牽制した。だが、放った魔弾はエンリの身体を通り過ぎ、奥の壁に激突する。

『あぁ、攻撃しても意味ないよ。このボクは幻だ、助言するためだけの種だからね』

エンリは両手をあげてひらひらと振る。

よく見れば、その身体は透けていて後ろの壁が写っている。しかも、なぜか周りの物体がピタリと静止して動いていない。まるで時間が止まっているようだった。

エンリから敵意は見られなかった。助言って……この力について教えてくれるのか？

困惑する俺を無視してエンリは喋(しゃべ)り出す。

『いいかい、一度しか言わないよ。その力をキミ以外に使うには条件がある。相手のことを正しく理解していないといけないんだ』

「相手を、理解……？」

『別に相手を隅から隅まで知る必要はないよ。ただ、相手と自分が共有した記憶に齟齬(そご)がある場合、使うことができないのさ。間違っているのは彼女との記憶だ』

「……間違ってるも何も、俺とレティの記憶なんて少ししかない」

『本当に？　よくよく思い返してごらんよ。最初にキミと彼女が出会ったときのことを』

言われるままに思い返す。

レティと初めて会ったとき……それは、俺が五年前に【試練の谷】に挑戦した帰り、そこに生息しているモンスター——大王熊(グレートベア)を乱獲していたときだ。

森の中で大王熊(グレートベア)に襲われていたレティを間一髪で助けた俺は、そのまま街へ戻り、そこでレティと別れた。

そのときに痛々しい発言を何度かして、それをレティが大切な思い出と言い張って覚えている。俺は大したことをしていないのになぜかあいつが美化してくるのだ。

ああ、そうだ、何も間違いはない。

……。

………。

…………。

……………。

…………………………………………あれ？

本当に、そうか？

強烈な違和感。何かが違うと、身体が叫んでいる。

気持ちの悪い何かが喉につっかえた。これ以上考えるなと頭が言っている。

『ヒントをあげよう、大王熊（グレートベア）はどこに生息しているんだい？』

「大王熊（グレートベア）は……森の中に——」

言って、すぐに気付いた。

違う。

大王熊（グレートベア）は、洞窟に生息するモンスターだ。

あいつらは暗い洞窟の中で死肉を食べて生きている。森の中にいるはずがない。

でも、それはおかしい。俺は確かに森の中でレティを大王熊から助けた。記憶にしっかりとあるし景色も覚えている。間違いないはずなのに——

「……なんだ、これ」

考えれば考えるほど記憶と事実が食い違っていく。身体に流れる汗と胸の動悸が止まらない。なんだよこれ、おかしいだろ、どうなってんだよ。

『思い出すんだ、正しい記憶を。奪われている大切な記憶を』

「俺は——」

瞬間、記憶の導線が繋がった。

知っていたはずの記憶が頭の中へ一気になだれ込んでくる。レティと【試練の谷】の中で出会った記憶、魔物の倒し方を教えた記憶、街の中で一緒に食事をした記憶、宿が見つからずに共に野宿した記憶、二人で依頼をこなして感謝されている記憶、離れたがらないレティと——別れた記憶。

出会ってから別れるまでの全ての記憶を思い出した。混乱と驚愕で視界がくらみ、地面に膝をついて唖然とする。

大したことをしていない？　助けただけ？　何を言っていたんだ俺は？

思いっきり、世話を焼きまくってるじゃねえか。

俺の痛々しい発言にキラキラした目で見てくるレティに気を良くして、まだなってもいないくせに勇者がなんたるかとか語って、まるで自分の妹みたいに世話焼きまくってる。

何で忘れていたんだ俺は。馬鹿か、あまりにも馬鹿すぎる。

「思い出したようだね？」

「……ああ」

俺は呆然(ぼうぜん)として頷(うなず)く。エンリは「そうかい」と口の端を上げた。

「もう忘れないでおくれよ。じゃあね」

そう言ってエンリの姿が消えた。止まっていた時間が動き出し、俺ははっと顔を上げる。

まるで夢でも見ていたかのようだった。だが記憶は鮮明に刻まれている。

そばにはレティの姿。俺は無言で、自分の右手を見た。

すると黒い魔力が集まり、右手が黒く染まっていく。

あのときとまったく同じ現象。

……正直、まだできるかは疑っている。なんせヘンリーのときとはわけが違う。

ヘンリーのときは、魂が残っていたからこそ、そこに宿った記憶を頼りに悪魔と魂を切り離すことができた。

でもレティは違う。作られた器に体内魔力(オド)が入っていただけで、本来人間が持っている魂が存在しない。

つまり俺がレティを人間にするには——魂を作り出さなくてはならない。

それも記憶を保たせたまま、レティに適合する体内魔力（オド）を作り出して。

そんなのは、もはや神の所業だ。

……できるのか、俺に？

…………いや、違う。できるかどうかじゃない、やるんだ。

俺はいつだってそうだった。自分は天才だから何でもできると信じて突き進んできた。

なら、今回だって同じことだろ？

自分を信じないでどうする。信じろ、俺にできないことはない。

俺は息を吸って、吐く。手を前に出し、レティの頭にかざす。

「レティ……安心しろ」

俺がお前を――

展開された禍々しい魔力がレティを包み込む。

「必ず、救ってやる」

エピローグ　帰ってきた日常

「おーい、起きてるか？」

コンコンと、ドアをノックして呼びかける。

「おきてるぞー」

するとそんな幼い声が中から聞こえて、俺はがちゃり、とドアを開けた。

ここは数日前に新しく借りた宿屋の一室だ。広い室内を見回すと、綺麗なクローゼットとソファなど生活に便利な家具が配置してある。窓はピカピカ、床もピカピカ、もちろん壁もピッカピカ。

リヴルヒイロの宿屋──【銀の衣】。前回の宿屋と違って内装も各種サービスも色々とグレードアップ、その分お値段もグレードアップ、俺のお財布はクールダウン。

そんな高級宿屋だが、宿屋をここに決めたのは内装が豪華だからとかサービスが手厚く丁寧とかそんな理由じゃない。

ベッドが、めちゃくちゃでかかったからである。

「起きてて大丈夫なのか？　まだ寝てた方が……」

「んー、だいじょうぶ」

「もしかして起こしたか？　悪いな」

「ううん、だいじょうぶだー」

クソデカベッドの上で小さく返事をする少女——レティ。

その服装は病人とかが着る病衣。上体を起こし、ふっかふかの毛布を身体(からだ)にかけながら、小さな手でくしくしと目をこすっている。その仕草を見るに起こしてしまったようだ。

できるだけ起きてる時間帯にと思って昼過ぎに来たんだが……申し訳ないことをした。


——あれから、まるまる五日が経過した。

結果的にあのあと、レティの魂を作り出すことに成功した。

しかし、人知を超えたこの力でも完全にゼロから作り出すのは無理だったらしい。だから俺は自分の魂の一部を削って、それを元にレティの魂を作り出した。

そのせいで三年くらい俺の寿命が減った気がするが気のせいだと思いたい。心なしか心臓がキリキリする気がする……。

俺の魂から作っているため、魂から生み出されるレティの体内魔力(オド)は俺とかなり似た性質をしている。俺の親族かってくらい同じだ。妹か子供だと思われてもおかしくない事態になってしまった。

植え付けられていた【勇者因子】を取り除いて身体の一部も作り変えたので、もう身体が耐えられずに死ぬ危険もない。こうして無事、普通に生きられるようになったのだ。

しかし、あの日からレティは目を覚ますことはなく、ずっと眠ったままだった。

だが、俺はレティがいずれ起きることを確信していた。なので、より回復を速めるためにできるだけいいベッドがある宿屋を予約した、ということである。

その結果として、俺は金が足らなくなって金策に走り回ることになり、しかも自分の部屋は借りられずに毎日野宿で過ごすハメになった。

仮にもレティは女の子だ、身体拭きなどの世話は男の俺には荷が重すぎる……だからイヴとラフィネに任せることにした。

「いやマジで……早く起きてくれてよかった……」

買ってきた果実をナイフでしゅるしゅる剝きながらしみじみと呟く。

ラフィネたちも宿賃を折半で出してくれているが、それでも万年金欠の俺からしたら高額も高額だ。全額出して貰うのは気が引けるし、何もせず寝転がってるのもなんかなと思ったのである。

だがそこは面倒くさがりの極地の俺、仕事を始めて一時間でやめたくなった。

この地獄がいつまで続くんだ……と絶望していたところでちょうど今日、レティは起きてくれたのだ。仕事中、ラフィネたちから急いで連絡を貰ったときは涙が出た。マジでよかった、本当によかった。もう働かなくて済む……！

　心の底から安堵を抱きつつ、剝き終わってカットした果実をフォークに刺してレティの口に差し出す。

「ほら、口あけろ」

「んあ」

　レティは大きく口を開けてあーん。俺は切れ端をぽいぽいと口の中に投入。しゃくしゃくしゃくっ！　と小気味いい咀嚼音。

「うまいか？」

「うほふおいひい」

「そうかうまいか、全部飲み込んでから聞いた方がよかったな」

　リスみたいにもごもごしているレティ。可愛らしい。

　その後、残っている切れ端も全部食べさせたあと、レティははふぅと息を吐く。

　満足したか――っと思ったら、レティはキラキラした目で「もうないのか？」と聞いてきた。もうねえよ高かったんだぞ。

　俺は苦笑して、レティと顔を合わせる。

「レティ、一つ言いたいことがあるんだけどいいか？」

「んー？　いいぞ！」

元気に笑顔で返事をするレティ。俺は「じゃあ遠慮なく」、と口を開いて。

「お前――実験で作られた存在なんだってな」

レティの笑顔が固まる。

「全部聞いた。勇者として作られたって、人間じゃないってさ」

「あ、う……」

笑顔が消え、レティはうろたえる。俺は語気を強めて続けた。

「見損なったよ。なんでもっと早く言わなかった？」

レティは顔を俯（うつむ）かせて、泣きそうな顔で答える。

「だって……」

「あん？」

「私は……まだ、ししょうみたいに強くないから、嫌われたら泣いちゃうかもだから……勇者はそれじゃだめだって思って……」

「……ああ、嫌いになったよ」

そう答えると、レティはさらに顔をうつむかせて、手をきゅっと握った。

俺は頭をがしがし掻（か）いたあと、立ち上がる。レティを見下ろして。

「アホかお前は」

拳をグーの形にして――レティの頭に振り下ろした。

「〜〜〜!?」

そんな声にならない声を上げるレティ。頭を両手で押さえて目を白黒させている。

「アホだアホだとは思ってたが、こんなにアホだとは思わなかった。あのなあ……俺がそんなんで、嫌うわけないだろ」

目を大きく開けるレティ。

「でも、さっき、嫌いって……」

「そりゃ嫌いにはなる、だって何回も聞いたのに言わねえんだから。そんな大事なこと一切相談せず勝手に突っ走ってんだからムカつくだろ。……前にも言ったよな？　俺はお前が犯罪者でもなんでも、見方は変わらないって。お前が人間じゃなくても作られた存在でも、嫌いにはならねえよ」

レティが「え……」と口を開ける。

「それに、だ。俺みたいに強くないからって？　当たり前だろ、お前は弱いんだから！」

はっきり断言すると、レティはまた俯いてしまう。俺ははあとため息を吐き、少しだけ声のトーンを落として続ける。

「俺を目標にするのはいい、大いに結構だ、だけどな……」

グッと、レティの両頬を手で挟み込んで顔を上げさせて、目を合わせる。

「お前は、お前だろ」

　レティが、大きく目を見開いた。

「誰かみたいになろうとしなくていい。人はみんな違う、才能も性格も何もかも違う。俺にできることがお前にできなくてもそんなこと気にするな。自分に合わないつらいことを無理に頑張る必要はない」

　だから……俺は息を吸い込んで、

「お前はお前らしく生きて、そんで自分のまま強くなっていけばいいんだ」

　俺はニッと笑い、

「それにな……お前はもう人間だからな？」

「……？」

　理解できていないレティに説明する前に、あることを質問する。

「そうだレティ、お前、勇者として人を笑顔にしたいとか魔王を倒して世界を平和にするとかなんとか言ってただろ、その気持ちに変わりはないか？」

　こくん、レティが頷く。

「なら朗報だ、ノーマンから聞いたんだが、お前の身体には【勇者因子】ってのと、ある思想が刻まれていた。でもどうやらその思想はたった一つなんだってよ。……それは『人を助けたい』って想いだ」

――『実はですね……教会の命令でレティノアさんには全て植え付けられたもの、と説明していましたが、一つの思想以外の中身の部分……性格や気持ちの部分は後天的なものなのです』

……ちなみに、ノーマンにはレティが人間になったと伝え、教会からレティと俺に一切手出ししないことを誓わせた。だからレティはもう教会の所有物ではないし、イノセント家の養子でもない。というか俺がノーマンに命令したその日、ちょうどイノセント家の当主は不幸な事故で死んだらしい。運が悪かったですねとノーマンは言っていたが、まあもうどうでもいい。

試練も任務も教会が用意した嘘だった。そもそもどこまでが教会——というよりノーマンの嘘だったのかが分からない。レティが人間になったと知っても「それはそれは……喜ばしいことです」と特に驚かず飄々としていたくらいだ。教会としては餌にしたレドニスが死に、セフトの捕獲に失敗した形になったが、「【盗】の力を調べられなかったのは残念です。教会には失敗したと報告しましょう」と言うだけでノーマン自体は特に気にした様子もなかった。

ノーマンがセフトを捕らえる、というのも嘘なのだろう。一切介入する様子すら見せなかった。そもそもあいつの勇者の力でセフトを止められたとは思えない。

薄気味悪い奴だ。何を考えているのかがさっぱり分からない。

だが、ノーマンを殺しはしなかった。許したわけじゃない。教会への牽制のために生かしてやっただけだ。次はない。

「あとな、【勇者因子】を植え付けられて聖印が発現してるといっても、本人の素質と適性……ちゃんと聖剣に選ばれないと使えないみたいだ」

はっと、レティが顔を上げる。

「どうだ。まだ聖印、あるか？」

聞くと、レティは病衣をめくり上げ、自分の右胸元の際まで露出させて――っておい!?

顔を背ける直前、少し見えてしまった右胸元には――桃色の印がしっかり刻まれていた。

いやさあ、仮にも女なんだから男の前で露出するなよ……ここら辺もおいおい教えていこうと決めた俺は、レティが服を直したのを聞いてから顔を戻す。レティは啞然と口を開けて驚いていた。

「俺はお前を人間の身体に作り替えた。当然、【勇者因子】はなくなった。……でも、それなのに聖印が消えてないし気持ちも変わらない。つまり――」

レティの頭に手を置き、そっと撫でる。

「お前の気持ちは、本物だったってことだ」

レティが大きく息を吞んで、その薄緑の瞳が揺れる。

顔を上げて、下げて、目を開いて、閉じて、何かを耐えるように唇を引き締めようとする。

俺はそんなレティを見て何も言わずレティの背中に右腕を回し、軽く抱き寄せる。ぽすん、とレティが俺の胸の中に収まった。

レティは小さく、か細い声で言った。

「ししょー」

「ん？」

「わたし、頑張ったぞ」

「……ああ」

くしゃり、俺の服を摑んでいるレティの手が少し強くなる。

「怖かったけど、頑張ったぞ」

「ああ」

「すごいか？　えらいか？」

「ああ」

鼻をずびり、と啜る音がして。

「弱くても、泣いても、いいのかー……？」

嗚咽混じりのその声は、ひどく弱々しく震えていて。

俺は、答えた。出したその声色は自分でも驚くほど柔らかかった。

「ああ。——頑張ったな、レティ」

◇

レティがやっと離れたのは、それからしばらく経ってからだった。

胸の中で溜まっていた何かを全てぶつけるように、俺の胸の中でレティは泣いた。子供みたいに声を上げて鼻水と涙を垂らして泣き続けていた。

そばですーすーと寝息が聞こえる。レティは散々泣いて疲れたのか、いまはベッドで眠りこけている。まるで子供……いや、子供か。

「このやろ、めっちゃ泣き散らしやがって……おかげで俺の一張羅がぐしょぐしょじゃねえか。あとでクリーニング代請求してやろうかマジで……」

これだからガキは嫌いなんだ……泣いて喚いて面倒くさいったらありゃしない。

はぁ、と大きなため息を吐いて、あどけない顔で寝ているレティに恨み節を言いつつ、俺はドアの方を振り返って声をかける。

「……おいお前ら、覗き見なんて悪趣味だぞ」

そこには、少しだけ開いたドアの隙間から覗く四つの眼。声をかけられるとは思ってなかったのか、無理な体勢で覗いていた覗き魔たちは、ドタドタバッターン！と床に思い切り転倒する。

俺は近づき、ドアを開ける。そこには予想通りの二人——ラフィネとイヴがいた。

二人はすくっ、と身体(からだ)を立ち上がらせる。二人がキリッとした顔で言った。

「いえ、私たちはそこの窓を見ていたのです！　はい、ええそれは間違いなく!!」

「そう、その通り、別に二人のことは見てなかった、うん」

完全に開き直っていた。こいつら……！

「まあいいよ、入りづらかったんだろ？　気を使わせて悪いな」

「いえいえ！　私たちは何も見てませんのでお気になさらず……レティさんにあーんしたり、抱き寄せたあと優しい声で頭なで続けてたりなんて見てませんから!!」

「見てるじゃん、最初からがっつり見てるじゃん」

おいおいおーい？　マジで？　最後の方だけじゃないの？　まさかの最初から見られてたとか普通にクソはずいんだけど？

もし鏡があれば顔面が真っ赤になっていそうだ——って、イヴ、本当に鏡見せてこないでいいから。手鏡ぱっかーんじゃないんだよ、俺を悶(もだ)え殺したいのかお前は？

「レイ……ありがと」

イヴは嬉(うれ)しげな声で、そんなお礼を言ってくる。俺は返答せず顔を背けた。

これ以上ここにいたらどうにかなってしまいそうだ。他に済ませなきゃいけない用事もあるし、ここは撤退が最適解だ。よし、逃げよう。

「あれ？　どこか行かれるんですか？」

「……ああ、ちょっとな。レティを見ててくれるか？」

「……はい、分かりました！」

「ん、任せて」

頼りになる返答を聞きつつ、俺はドアを開けて廊下に踏み出した。

◇

宿屋を出て街道に入り、目的の人物がいる場所へ向けて足を進める。

リヴルヒイロの街並みは活気がよくとても賑わっていた。平和とはまさにこのことだと言える。まさか、数日前に近くで世界を揺るがしかねない騒動が起きていたなんて微塵も考えてすらいないだろう。

俺はその光景から目を逸らして、太陽の暖かな光を浴びながら街道を歩く。

すると——目的の人物とは違う、だが見慣れた顔が目に映った。

「あ、じーじだ……おはよおー」

露店を広げて座り込んでいたそいつ——どんよりと暗い雰囲気の女性、カアスはふへえ、とおなじみの不気味な笑いを浮かべて、「買っていく？」とオススメだという小瓶を持ち上げて売りつけようとしてくる。

また性懲りもなく毒薬を――！　と言って全て撤去したい衝動に駆られたが、手が出る寸前でやめて、代わりに財布を取り出した。

「あ、ああ、一つだけ貰おっかな……」

「え、ほんと？　初めて売れた……！」

やった、やったと両手をあげて喜ぶカアス。俺は見ていられなくなり、思わず顔を背けた。

「い、いやあ、でもほんとお前、よく生きてたよな……」

「ふふん……私、運はいい方なんだよ」

「ほんと、よかったよ、割とマジで、うん」

ちなみにだが、こんなにいつも通りなカアスの身体は全身包帯でぐるぐる巻きである。

俺の治療のおかげで動けるようにはなっているが、ほんの数日前までは全身の骨がバキボキで両腕の神経は切断、顔面がビビるくらい腫れ上がっていた。

ぶっちゃけレティよりもこいつが生きてたことが奇跡すぎる。急所は外れていたとはいえ、なんであの怪我で生きてんのこいつ……。

「でも、転移したあとからよく覚えてないんだよねえ。じーじは何か知ってる？」

「い、いや……なにも……？」

「じーじが治療してくれなかったら危なかったんでしょ？　命の恩人だよお」

「ま、まあ……キニスンナヨ、ウン」

キラキラと感謝の眼差し（まなざ）のカアス。ほぼ俺がつけた怪我とはいえない。

というか俺はてっきり、セフトに身体を乗っ取られたから助からないものかと思っていた。だから全力でパンチしたわけで……だがセフトがカアスの中から離れたおかげで意識が戻って来られたらしい。

「そうだ……お礼したいから今度、いい場所を紹介するね。私のお気に入りの虫がたくさんいるんだあ。この近くの森にもあるからいまからでも——あれ、どこいくの？」

俺は心の中で全力謝罪しながら全力で逃走した。

◇

全力疾走のあと、目的の場所に到着した。

場所は【復興区域】の外れ。《探知》で探したところ、その人物はどうやらここにいるらしい。

こんなところに何をしに来たのか……そう思いながら魔力を辿（たど）り、周囲に顔を巡らせること数分、視界の中にそいつを見つけた。

そいつはとある民家の前で、そこの住民らしき人物と会話をしている。

獣人の男。頬は痩せこけ、全身の毛は艶がない。

距離が離れているせいで声は聞こえない。だが、遠目でもその様子は穏やかではないことが分かった。

男が何かを叫び、そいつを殴りつける。そいつは何も抵抗することなく、身体に防護魔法を纏うことすらせず、ただ黙って頭を下げ続けている。

やがて、男がまた何かを叫んでから民家に戻っていった。俺の読唇術では「二度と顔を見せるな」と口が動いていた。

そいつはゆらゆらと立ち上がり、腕を抱えながら歩き出す。

「何やってんだお前」

近づいた俺の声に反応し、そいつは赤髪を揺らしながら顔を向けてくる。

そいつ――ルーカスは、虚ろな瞳で俺を見上げた。

「……貴様か」

平坦で色のない声。ルーカスは顔をうつむかせて、俺を無視して通り過ぎようとする。

「待てって」

肩を掴んで引き止めた。無感情な顔を上げるルーカス。

実はあのあと、こいつも一命を取り留めた。俺がレティとカアスを連れて脱出しようとしたとき、いちおうこいつも確認してみたら生きていたのだ。

　致命傷だったはずだが、勇者の生命力はやはり凄まじい。死んでたら捨てていこうと思ってたのに、仕方なく治癒して持ち帰ることになってしまった。あのまま死ねば良かったのに。死ねば良かったのに。

　ルーカスは言った。

「俺は……自分の罪を贖罪しなくてはならない」

「はあ？」

「貴様もそれを望んでいるのだろう。そうでなければ俺を生かした理由がない」

　……どうやら、こいつはそう捉えたらしい。なるほどな、馬鹿じゃねーの？

「何を勘違いしてんのか知らんけどさ、そんなのどうでもいいんだが」

「……なに？」

「俺は、お前が死んでなかったから持ち帰っただけだ。謝れとか思ってないし、俺に迷惑をかけなければ何してもいい。……あーでも、レティにはちゃんと謝っとけよ。あんだけ迷惑かけたんだから」

「……目を覚ましたのか？」

「ああ、元気にピーピー泣いてた」

「………そうか、そうか――」

ルーカスはうつむいたまま何度も頷く。その様子はどこか安堵しているように見えた。

「【攻】は、俺を許すだろうか」

「知らね、でもレティならアホだから許すだろ。許して欲しいのかよ？」

「……分からない」

その曖昧な返答に俺は少しイラッとした。だから不機嫌さを隠すことなく言う。

「お前はマッッジでムカつく奴だな。許すかどうか？　考えても仕方ないだろ、ぐだぐだ悩んで人の顔色窺って生きて楽しいか？」

「……」

「もっと自分のために生きろよ。いつまで過去を言い訳にして逃げ続けてんだよ。自分で自分を責めて悲劇ぶってんじゃねえよ」

ルーカスは答えない。顔をうつむかせているだけだ。

「……俺は強いから、お前の気持ちは分からん。気楽に考えろって言ってすぐできるほど器用じゃないとは思う」

だから……そう言って、俺は指で後ろを指し示す。

「お前みたいな馬鹿は、一人で生きるな」

顔を上げてそれを見たルーカスが大きく目を見張る。

そしてすぐに、後ろからドタドタドタドタ――っと激しい足音が聞こえてきて。

「――ふざけんじゃあああないわよおおおおおおおお！！！！」

ルーカスの腹にドロップキック。

「急に勇者パーティー解散とかどういうつもり!? 私、白魔導士から無職になっちゃったんですけど!? なんとか言いなさいよ！ ねえ！！！」

「ま、待て！ 若が死んでしまう！ 若、若ァ――――！」

現れたその人物たちは、ドロップキックをもろにみぞおちに喰らって悶えているルーカスを双方向から揺さぶっている。殺人ドロップキックを何の躊躇もなく放った紫髪の少女はイヴの友人――マーヤで、おろおろとしながらシェイクしまくって止めを刺しているのに気付いていない狼獣人の男がルーカスの側近――ウィズダムだ。

「お、お前ら……なぜ……」

ルーカスは痛みが収まってきたのか、声を出す。

「なぜじゃないでしょ!? なに勝手にパーティー解散してんのよ！ するならあたしの許可を得てからかもしくは別の勇者を連れてきなさいよ！」

マーヤは横暴すぎることを言いながらルーカスに摑みかかる。ルーカスはひどく狼狽していた。

「か、勝手に他の勇者の元へ行けばいいだろう」

「はあああ――⁈ 頭腐ってんのあんた!? なんで私が自分から行かなくちゃいけないの

よ！　それに分かってんの？　私あんたにクビにされたのよ？　他の勇者パーティーに志望しても〝クビにされた白魔導士〟だから容姿も能力も完璧だけど性格に難アリって見られて採用されないでしょうが！！！」

「そ、それは事実だ――」

「はあああぁあん!?　もう一度言ってみなさいよおおお！」

ルーカスの顔面をグーで容赦なく殴りまくるマーヤ。性格に難アリまくりだった。

抵抗することなく、ルーカスは甘んじて受けて……うん？　というよりあれ、意識飛んでね？　ちょちょちょちょちょストップ、ストオォーップ！

強制的にストップをかけて二人を引き剝がす。マーヤが「あァ？」とそれだけで人を殺せる眼光で睨（にら）んできた。怖すぎる。

「若……若はああ言いましたが、私はやはり引き下がれません。どうか……どうか、騎士団とパーティーに戻ってきてはいただけないでしょうか！」

ウィズダムは膝と額を地面につけてそう言った。どうでもいいけどお前の主人、顔ボコボコだぞ。お前がもっと早く止めろよ。

「うぃふはふ――」

見てられなかったので《治癒（ヒール）》を使ってルーカスを治療する。腫れが引き、まともにしゃべれるようになった。

「だが、俺はお前らを――」

「関係ありません！　私は若がこんなに小さなときから世話役として務めさせていただきました。たとえ何を言われようとも、降りるつもりはありません！」

「しかし……」

「というか、あんたに拒否権なんてないから。私、イヴに『魔王を倒すのは私のパーティー』って大口叩(たた)いたんだからね。あんたがやりたくなくても関係ないわ、魔王を倒すまで続けなさい！」

ビシィ！　とマーヤは命令する。ルーカスは押し黙った。

俺は肩をすくめて、言った。

「と、いうわけだ。せいぜい頑張って倒せよ。……ああ、あと」

俺はあるものを取り出し、ルーカスに投げつける。

「落とし物だ、もうなくすなよ」

ルーカスがキャッチする。そしてそれを見て、驚いた顔になる。

「〝ヘンリー〟――!?」

それは【霊剣】、ヘンリーの魂が入った儀礼剣だった。

……まったく、湖の底に沈んでいて探すのに苦労した。《探知魔法》で横方向に広く探してもてんで見つからないのだ。仕方なく上下左右全域で魔力をフル活用して探してようやく見つけることができた。まる一日潰れたんだぞチクショウ。

「じゃあな」

俺は踵を返し、背を向ける。さっさと帰ろうと歩き出すと、「待て！」とルーカスが呼び止めてくる。

「なんだよ？」

振り返らず首だけを向けて返答する。

「貴様は……いや、お前は……」

ルーカスは何かを言おうとするも言葉に詰まり、飲み込む。はあ？　逡巡した様子を見せて、やっと言葉を発した。

「名前は」

「は？」

「名前は、なんだ」

よく分からなくて首をかしげる。名前……？　なんでそんなこと聞くんだよ。

少しだけ考えるも面倒くさくなり、普通に答える。

「ジレイだ。ジレイ・ラーロ」

それだけ言って今度こそ背を向ける。やれやれ、無駄な時間を使ってしまった——っと？　なんだ？

後ろから何かを投げられて、振り返ってキャッチする。

……なんだこれ、装飾品？　金色のクソ高そうな装飾が施されたブローチだ。

俺は怪訝(けげん)な顔でルーカスを見る。

「それを、やる」

「はあ？　いらねえけど……」

「【フォルテ独立国】で見せれば入国証になる。ベスティア大陸内であればエーデルフ騎士団の団員が各地に点在している。これを出せば皆、力になるだろう」

「ふーん……」

まじまじと見る。まあ、正直いらないんだけどくれるなら貰(もら)っとくか。

ブローチを《異空間収納(アイテムボックス)》に放り込む。今度こそ帰ろうとするが、また呼び止められてちょっとイラつきながら「なんだよ!?」と振り返る。

「じ……」

「じ？」

ルーカスは何かを迷ったように顔を何度も動かして。

やっと顔をこちらに向けて、言葉を発する。

「ラーロ」

予想だにしてなかった言葉に、俺は思わず驚いて目を見張った。

そして、ルーカスは相変わらずの無愛想な顔で言った。

「ありがとう」

俺は背を向けて、ただこれだけ答えた。

「おうよ」

◇

レティがいる宿屋に戻り、部屋に入ろうと扉に手をかけると、何やら中から話し声と可愛（かわい）らしい笑い声が聞こえてきた。

俺の話題？　だろうか。ところどころ、レイとかジレイ様とかししょうとかの単語が聞こえてくる。レティとイヴとラフィネの声。レティはどうやら起きたらしい。

「なんだよお前ら、俺の悪口でも言ってたのか？」

「ししょー！　帰ってきた！」

「あ、おい、まだ寝てろって！」

レティはベッドから降りてぱたぱたと元気に俺の方へ寄ってくる。病み上がりみたいなもんなんだからちゃんと寝てろよ！

だがレティは聞こえていない（というよりも無視）ようで、俺の右腕に「ししょう！」

と抱きついてくる。重たい、すんごい邪魔です。

「さっきな、パーティーの今後について話し合ってたんだ！」

「聞いてください！　私がレティさんのパーティーに入ることになりました！」

「どんどんぱふぱふー、わーわーいえーい」

「えぇ……」

ぱちぱち拍手するイヴと、どどんと胸を張るラフィネ。それだいじょぶなのぉ……？

「いや……ラフィネ最近、仮にも自分が一国の王女だって忘れてないか？　さすがにそれはやめておいた方が——」

「『気にすんな、約束しといて九年も待たせるような奴だ、少し自分勝手なくらいでちょうどいいだろ』」

「ンギィィイイィィィ——!?」

過去俺が放った無責任パンチがクリーンヒット。くっ、くっ、くっ……！　ちくしょう何も言い返せねえ!!

私強いですから大丈夫です！　とラフィネは意気揚々。すごい不安なんだけど。

「まあ……いいか」

「……？　なんで他人事なの？」

「いやだって俺には関係ないし……」

「ししょーも入るんだぞ？」

「？？？？？？」

頭の中が疑問符で埋まる。何を言っていらっしゃる？

「だって、ししょー言ってた！　私が勇者になったらパーティーに入って欲しいって聞いたとき、『そうだな……そのときに俺が勇者に選ばれてなくて、お前が泣かなくなって強い奴になったら入ってやってもいい。まあ俺が勇者になれないなんてこと、天地がひっくり返っても──〝ありえない〟』って！」

キザなポーズつきで再現するレティ。俺の背中に悪寒が走る。

……い、言ったっけ？　そんなこと言ってな──言ったわ、うん言ったわ。

頭を抱える。うおおおおおお何やってんの俺えええええええ？？？？

記憶を思い出したことを激しく後悔した。もう一度忘れられないだろうか。頭思いっきり打ったら忘れるかな？　やってみようかな？

「で、でもちょっと待て！　お前さっき泣いてたじゃねえか！　強くねえし！」

「さっき、泣いてもいいって言った！　弱くてもいいって言ってた！　私は私のままでいいって言ってた！　じゃあ入ってくれるってことだ！」

「なんだその超論理！　ムリムリムリィゼッタイムリィィイ！」

「いやだ！　やだやだやだやだ!!　入る!!　絶対入る！！！」

しがみついて離さないレティを引き剝がそうとしながら、俺は拒否しまくる。

無理だ無理、絶対にムリ！　魔王なんて絶対倒したくない！！！

だがしかし、こうなったレティはクッソしつこい。それはこれまでの経験で身に染みて分かっている。実は【粘】の聖印とかが発現しててもおかしくない、こいつのしつこさはまさに勇者級だ。

っつーか、あんな目にあっておいて勇者を辞めないのかよ。俺だったら絶対に一秒くらいで辞めてるぞ。アホなのかよ、アホだったよ。

だから、俺は早々に言い合いを切り上げて対抗策を出す。

「分かった、じゃあ入ってやる。入ってやるから」

「ほんとか!?」

パアーッと顔を輝かせるレティ。両手をあげてバンザイしようとして。

「ただし、条件がある！　それを達成できたら仕方なく入ってやってもいい！」

えぇーっ、露骨にブーブー不満を垂れるレティ。

「条件って、なに？」

イヴが首をかしげて聞いてくる。俺は答えた。

「簡単だ、俺より強くなったらパーティーに入る！　でなきゃ入らん！」

レティは一瞬、呆気(あっけ)にとられた顔をするが、すぐに顔をしかめさせて抗議してくる。

「むぐッ……それはずるい！　ずるいぞ！」

「なーにがずるいだ！　俺より弱い奴に従うなんてできないね！　文句があるなら俺より強くなってから来い！」

「むぅううう～！　分かった！　じゃあ約束だぞ！　今度こそ絶対だぞ！」

「あぁいいぜ、何年、何十年かかるか分からないけどな！」

むぐぐぐぐ、とレティは頬を膨らませる。あーよかった、アホだから助かった。

レティが俺より強くなる？　ほんと、それこそ何十年かかるって話だ。何億万分の一程度の天文学的な確率だろう。それならまだ、「俺が実は……女性でした～！」って方が信じられる。つまり何があってもありえない。

「まっ、時間はあるんだ。のんびり気長に待つとするよ」

その言葉に、レティが少しだけぽかんとして、やがてやる気十分と言ったような百点満点の笑顔を浮かべる。

……そう、時間はたくさんある。

十年、二十年、五十年……その生まれた時間で勝手に魔王でも倒してくれ。

レティはむぐぐと顔をしかめさせて、しぶしぶと言った体で「じゃあ、この契約書にサインしてくれ！」と一枚の魔術契約書を渡してくる。キミ用意めっちゃいいねぇ？

「……」

ペンと魔術契約書を持つ。レティがすぐ横でじーっと、いますぐサインしろとでも言いたげな無言の圧力をかけてくる。う、ううん……書きたくなぁい！　口約束でいいっしょ!!

「あーっ!?」

俺は契約書を破り捨てた。とてもすがすがしい気分だった。

そして、俺はにっといい笑顔を浮かべた。レティもにぱっと笑う。そして当然のように、新しい契約書を取り出して差し出してきた。ビリリリィイ！　俺は破いた。

「待てー！　サイン！　サインするんだー！」

俺とレティはドタバタと部屋の中を駆け回る。宿屋から苦情が届くのも時間の問題だ。イヴとラフィネがそんな俺たちを見てクスクスと笑って、なぜか二人も参加して追い掛けてきた。え、いや……なんで？

俺は逃げ場を失って壁に追い込まれる。じりじりと詰め寄る三人。

くそっ……ええい、弁償になるが仕方ない！

部屋の窓枠に足をかけて、硝子(ガラス)を破って外に脱出する。後ろから驚いた声が聞こえた。三階から華麗に着地。そのまま足を止めることなく走り出す。

「ししょー！」

快走しながら首だけ振り返ると、窓から顔を出したレティが見える。

レティは大きく息を吸い込み、ありったけのでかい声で叫ぶ。

それはレティのお決まりの台詞で、何回も聞かされたフレーズ。俺は思わず、笑った。

「ししょーより強くなって──私のパーティーに、入ってもらう！」

…………しかし、一つだけ頭に引っかかることがある。

なんで俺がレティとの記憶を間違えて覚えていたのか。忘れていたと思おうとしても、それがどうにも腑に落ちない。

記憶を失っていたというよりは、何かと勘違いしていたような感覚。

もともとあったものが、違うものになっていたような感覚だ。

奈落の底で会ったのはレティだ。いまではそれ以外ありえない。でも、なぜか違う人物だと思い込んでいたような気がする。

頭をひねって必死に思い出そうとする。

誰だったか——そう、その人物は、俺にとって妹のような存在で——

……。

……。

……………。

………………。

…………………………！

あぁ、そうだ。思い出した。

あれは、確か——

「シャル、だった……ような」

閑話　嫉妬

ぐしゃり。握った紙の束が、机の上で音をたてて無残に潰れた。

ゴミと化した紙束、羽根ペンがいくつも入ったペン立て、机の上に置かれていた物が、叩きつけた衝撃で地面に撒き散らされる。ボトルインクの蓋が開き、真っ白なカーペットを黒い染みが徐々に浸食していく。

「ダメ……ダメだよね、こんなんじゃ。やり直し、やり直しやり直しやり直しやり直し――」

何度繰り返したかも分からない呟きを漏らし、頭を抱えて髪の毛を荒く掻きつける。

何時間こうしているだろう。一通の手紙を書くために書いては捨てての繰り返しで、納得のいく文章を作ることができていない。

文字の書きすぎで手のひらは赤く腫れ、擦り切れて血が滲んでいた。でも、それでも休むことなく手を動かし続けるしかできない。

どうしよう、どうしよう、どうしよう、どうしようどうしようどうしようどうしよう――

焦り、混乱、不安、動揺……〝嫉妬〟。

秒針を刻むごとに増していく感情に、思考が支配される。

大切な人に送る手紙。これまでも何度も送ってきた。返事が来たときは一日機嫌がよくなって、会って話をできたときは心の底から幸せだと思えた。

幸せだった。満足できた。

特別な関係じゃなくても、それだけでよかった。

よかった、はずなのに。

『――あの、こういう人を見ませんでしたか？』

数ヶ月前。大切な人を捜していた、天使みたいな女性。

差し出された似顔絵は、写真と見紛うほどだった。

それは、私が好きな人と同じ顔をしていて。

私は接客時のいつもの笑顔で、〝見ていない〟と嘘をついた。

捜し人を尋ねて回る女性を見て、本当にその人のことを愛しているのだと分かって、嘘をついた自分が汚く見えて、胸の中に針が刺さったような痛みを覚えた。

綺麗で、優しくて、誰もが目を惹かれ――物語の〝ヒロイン〟のような人。

……じゃあ、私は？

私は、なにを持っているの？

美味しいお菓子が作れる？　菓子店が繁盛している？

教えて貰ったアイデアを使って人気になっただけで、自分で考案した創作菓子は不評なのに？

何もない。

顔も、性格も、全て、私には誇れるものがない。

あの人の周りにはもっと素敵な人が既にいて、比べて、私は何もかもが劣っていた。

「どうして」

締め付ける苦しさから逃れるように、髪をぐしゃぐしゃに掻き乱す。

「どうして……！」

無意味な問いだ。感情を叫ぶだけの、自己満足のためだけの問い。

どうしてって？

そんなの、分かっていたでしょ？

言葉も、行動も、何もかも虚栄で塗り固めただけなのに、何を期待していたの？

好かれたくて、嫌いになって欲しくなくて、仮面を被って振る舞っていて。

自分から動くこともしなかった私が、いったい何を期待していたの？

「嫌われたくない……嫌いにならないで……お願いだから……」

床にへたり込み、部屋の隅に置いてある鏡に縋り付いた。鏡の中の私の顔は無様で不格好で、落ちた化粧と色濃く残った涙痕でひどく醜く映った。

鏡の中の私が、現実の私に答えた。

『かわいそうなシャル。でも大丈夫。また奪えばいいの』

事もなげに微笑む鏡の中の私。姿も声も自分なのに、違う私。

「でも……もうダメだよ。できないよ」

「なに言ってるの？　あの子から既に一つ奪ったじゃない」

「そう、だけど……」

「大丈夫。これは仕方ないこと。幸せになるために、仕方のないこと」

「……」

胸を強く押さえる。あの日からずっと消えない罪悪感は、しこりとなって心を蝕んでいる。

あの人と出会ったとき、あの人の記憶を、あの人から奪った。

誰かとの大切な記憶。それを奪って、私で塗り替えた。

恋人になれなくてもいい。ならせめて別の関係として、傍にいたかった。

自分勝手で、最低最悪で、狡いなんてことは分かっていても、それでも、一緒にいられるならと誰かを犠牲にして選択した。

でももう、勘づかれてしまった。夢は醒めて残ったのは違和感と猜疑心だけ。これを知ったらあの人はきっと、私を許さない。

私にはあの人しかいない。虚栄と嘘ばかりのこの世界で、あの人だけが私を見てくれる。

「いや、いや……嫌わないで……いやだ……」

「シャル」

拒絶される。嫌われる。汚くて狡い私を知って、軽蔑されてしまう。

いや、いや、いや、いや、いや――

「シャル、落ち着いて」

鏡の中の私の声。取り乱す私と違い冷静で、優しげなその声で狂いそうになった私の心が落ち着きを取り戻す。

「私に任せて。そうすれば、シャルは幸せになれる」

「……ほんと？　嫌われない？」

「ええ。だって、全部奪えばいいだけよ。前みたいに〝嫉妬〟するだけでしょ？」

嫉妬。

簡単なことだ。顔、性格、技能……あの人を囲む女性たちの何もかもが羨ましい。

欲しい。愛して欲しい。求めて欲しい。

俯(うつむ)かせていた顔を上げる。鏡に映る私の口の端は、僅かに上がっていた。

「〝ジレイくん〟……大好きだよ」

愛して愛して愛し続けて。嘘に嘘で嘘を塗り固めて。

「私だけを、見て」

そうすれば、きっと、上手くいく。

あとがき

『D級冒険者の俺〜』四巻、如何でしたでしょうか？

今巻はシリアスが多めの巻となりました。楽しんでいただけましたら幸いです。

シリアス部分はキャラに感情移入しちゃうせいか毎回死にそうな顔で書いてるんですが、今巻は特にガチシリアスすぎてマジでつらくて危うく断筆しかけました……その分、エピローグは解放されてコメディ九割だったので最高に楽しかったです。

ここからは謝辞を。何度もご迷惑をおかけしたのに見放さず面倒を見てくれた担当編集様、素敵なイラストで本作を彩って下さるりいちゅ先生、出版に携わっていただいた皆様、そして何よりも、今巻まで応援してくださった読者の皆様に、深く感謝申し上げます。

色々な方の支えと協力があって四巻まで出すことができました。

本作をＷＥＢに投稿して書籍になり、分からないことだらけでプレッシャーに押し潰されそうになることは多々ありました。それでも、飽き性で面倒くさがりな僕がここまで続けられたのはひとえに皆様のお力以外にありません。

少しでも感謝を返せるよう、これからも作家として、より一層精進して参ります！

D級冒険者の俺、なぜか勇者パーティーに勧誘されたあげく、王女につきまとわれてる 4

発　　行　2022年8月25日　初版第一刷発行

著　　者　白青虎猫

発 行 者　永田勝治

発 行 所　株式会社オーバーラップ
〒141-0031　東京都品川区西五反田 8-1-5

校正・DTP　株式会社鷗来堂

印刷・製本　大日本印刷株式会社

Printed in Japan ISBN 978-4-8240-0238-9 C0193